胡曉明 著

鵬背集

昇之題署

國家圖書館出版社

圖書在版編目（CIP）數據

鵬背集 / 胡曉明著 . — 北京 : 國家圖書館出版社 , 2022.12
ISBN 978-7-5013-7391-8

Ⅰ . ①鵬…　Ⅱ . ①胡…　Ⅲ . ①詩集—中國—當代　Ⅳ . ① I227

中國版本圖書館 CIP 數據核字（2021）第 242576 號

ISBN 978-7-5013-7391-8

書　　名　鵬背集
著　　者　胡曉明
責任編輯　陳　卓

出版發行　國家圖書館出版社（北京市西城區文津街 7 號　100034）
（原書目文獻出版社　北京圖書館出版社）
010-66114536　63802249　nlcpress@nlc.cn（郵購）
網　　址　http://www.nlcpress.com
排　　版　北京九章文化有限公司
印　　裝　北京華藝齋古籍印務有限責任公司
版次印次　2022 年 12 月第 1 版　2022 年 12 月第 1 次印刷

開　　本　1/8
印　　張　8
字　　數　29 千字
書　　號　ISBN 978-7-5013-7391-8
定　　價　200.00 圓

鹏背集题诗

自题鹏背集五首

偶随鹏背上云端
汜汩云端涌大观
一片鼾聲顛倒夢
无人起就舷窗看

诗韵即同嬌韵律
机声犹似漏声残
每闻桌板须收好
總有心音吟未安

诗篇七绝最清欢
承轉起合共一歎
世味一如诗味永
更如鹏背过云端

長空萬里振飞翰
興發青飆氣上干
時有提詩垃圾袋
污泥蓮葉自團團

两句新诗摩盪後
一番苦旅又将闌
莫嗟殆也無涯路
萬户籌燈月未残

辛丑冬月
胡晓明

序

昔莊生逍遥托意鵾鵬秋水無端渺思河海無待則奚辨小大無涯則歸其本真哲人以俯仰天地之情爲勘破物我之思然吾人長舊邦新命之鄉歷貞下起元之歲盡春花秋月之年夢光影電露之生遂以七言唱嘆之詩揚馨逸悱惻之芬與物爲春之懷既紓藏天於天之旨亦達矣且鵬大鵾小皆爲有待鵬背之上更有蒼蒼蒼蒼者天如來佛掌莊情孔思儒道遥契如初陽之昇於海上如小駒之躍於草原焉復覺鵬鵾之二物哉況夫音徽托響綺靡抽思皆困於雲裏航班中夜不寐不亦大鵬之背風斯在下南溟之旅靈性爲春衆人皆睡獨醒我心無限篝燈盡在眼中矣是名爲鵬背集辛丑冬日貴陽胡曉明序於滬上日就月將齋

鵬背集目錄

卷二　記地

[illegible]

文字[illegible]大音

[illegible]

又曰[illegible]

又曰東[illegible]二音

[illegible]

[illegible]

[illegible]

卷二 [illegible]

[illegible]

今[illegible]

[illegible]

[illegible]

[illegible]

文[illegible]

[illegible]

[illegible]

四部

[illegible]

[illegible]

[illegible]

[illegible]

卷四　記親

卷五　記思

千萬言感賦三絕

國球教授欣錫宜學銘傳英杰於南園茶聚談及臺灣文化政治之謎局余以誠之先生金世宗故事解之欣錫有詩紀其事余仍用前韻聊以答之

偶讀禪月大師山居詩有句舉世祇知嗟逝水無人微解悟空花心有所感集古人成句續成三章

中國文論羣三周年戲爲五律三首自滬飛深鵬背作

自昆明之春至保定之秋文論會四十歲矣開幕辭余脱口而嘆人生消得幾春秋即以此爲韻感賦三首

詩三首賀古今中西之爭與中國文論之路國際討論會召開

武漢大學中國宗教文學通史審稿會感賦 武漢大學中國宗教文學通史審稿會光正教授以十年磨一劍之功數百萬字之篇幅爲五四下一轉語欲於人性解放之文學史外更別立人性解脱之文學史其眼光之巨願力之大令人感佩書稿中引維摩經游戲神通一語忽有所感聊賦三章鵬背作

有感清華園近事

看黎巴嫩電影何以爲家感賦

竹枝詞六首 聞美國政客文明衝突論再起

看使女的故事

看電影三塊廣告牌

看流浪地球不離捨不倦怠乃東方大乘精神也戲題二首

基因編輯造人釀成惡果天怒人怨感賦三首

回滬喜雨

春風與花三章

卷六 贈答

敬題北大圖書館一百二十年館慶二首 戊戌年秋十月

卷九　域外

香港[illegible]中文學[illegible]

[illegible]

香港中文大學[illegible]

二〇一六年[illegible]林[illegible]識

[illegible]

十年前[illegible]

東[illegible]

[illegible]

卷九 跋[illegible]

[illegible]

東坡[illegible]

[illegible]二十二首

[illegible]

[illegible]四首

卷十　北歐詩旅

卷一　記歲

除夕贈上海醫生五首

八寶蝦晶赤醬油吳儂軟語最溫柔輸他醫俠春風暖請戰紛紛決去留

護士武昌將欲行滿城寒雨凍無聲長江入海波千尺不及白衣忘我情

污將白玉肯同塵護士醫生不顧身想得阿拉除夕夜還應說著遠征人

疫情坌涌幾時休衛士藏昂劍未酬莫道武昌千里隔漢江衹在浦江頭

剪弃青絲入漢關一麾白褂豁塵顏海濱故友如相問爲報輕車二月還年輕女醫生剪去長髮以避免感染

疫情期歐游七題

舉世皆從憂裏老空街衹共一天霜酒醒復覺親人遠身在英倫夜半航一月二十七日晨依原計劃經倫敦轉馬德里

飛鴻雪泥新留爪萬里江山老雁聲今夜夢魂驚起處凄風冷雨武昌城

珠箔飄燈各各歸千家野鴿自飛飛馬約像下無人識獨坐街頭望落暉

宮娥睡起嚴梳洗失性倏然若木鷄著我畫中尊我筆帝王孰與比高低西班牙畫家委拉斯凱茲宮娥竟將自己畫爲宮廷肖像畫主角

天地無情夜浩茫人生有恨涕沾裳縱知世上千般苦誕得新兒喜泪長格里柯作品新生

無限深憂總未知嬉游瘋戲轉多姿博斯五百年前事伊甸園中醒夢遲希羅尼穆斯博斯乃十五世紀荷蘭畫家現代繪畫鼻祖其人間樂園描寫人獸共處

荒墳鬼唱鮑家詩哆口黑臉何所思莫訝畫家先覺夢萬隻瞋目怒風知普拉多美術館觀戈雅晚年黑色系列作品

域外疫毒肆虐年初經行之地皆遭襲擊全球經濟更能消幾番風雨匆匆春已歸去以詩紀之

新聞處處割愁腸馬德里兮瘟疫狂殯葬天天燒不盡溜冰宮變枕屍場立春後三

日余攜家經倫敦轉機飛馬德里住三宿繁華街景精美肴饌如在昨日

牛奔馬嘯慟聲長觀畫驚呼熱中腸夢裏不知人已去索菲亞館泪千行馬德里索

菲亞藝術中心觀畢卡索格爾尼卡心中悲戚爲武漢悼今又轉爲西班牙悼矣

巴薩群星閃耀時聖家堂裏最多思屏間滿是傷春事急鍵敲成寄遠詩二月四日

諾坎普看球賽萬衆歡騰恍若隔世矣

百年兩果漾餘哀寶殿琳琅豁眼開總是房東先握手不嫌我是中華來

早悟莊生蝸角爭無毛兩脚太縱橫愛因斯坦高人語宇宙冤家已啓行

封城隔地羽書遲此疫猖狂又一時最是老人燈焰燼拒門不治又橫屍意大利醫

療資源匱乏直接拔管救年輕者

萬神廟裏寒颼颼鬥獸場前翻百憂羅馬陽臺人不散幾處長歌幾處愁

中華天使引王師戰罷武昌瘁不辭莫道無援千丈溺有人升起五星旗意大利周

邊國家自顧不暇幾無援手中國醫療隊奔救有國民換下歐盟旗以謝之

千年修得同船渡爲壑以鄰爲那般憶取當年星璀燦高情一曲入雲端網上盛傳

當年邁克爾杰克遜邀衆星名曲我們同屬一個世界

隔離詩五首

春深未敢說江南草長鶯飛情不堪天晚闌干都拍遍沐風窗外一花憨

河邊又看綠絲絛風起萬千映日高借問客心何處苦春風二月似鉛刀

站崗獻血兩無能報告體温不減增忽有阿姨追且喊手中垃圾我來扔

窗邊花事老相催昨夜一帆去似飛不負桃花春水漲夢中蓑笠鱖魚肥

讀罷屏書獨自哀細思人禍隱天灾無邊寂寞春寒意都作夜窗風雨來

庚子清明祭春疫死難者五首

長江浩蕩萬千波化泪春深灑幾多今日晴川芳草岸如何舉目薤成歌

載將心意過東湖萬里春風酒一壺禱與英魂庚子難夜臺尚饗一杯無

白衣長憶夏思思拯溺蹈危長不辭最是天真憐幼子阿娘何去莫能知

黄鶴飛飛晚日低，難將泪眼泣萋萋。英雄泉下心未死，遙聽天邊唱曉鷄。
醫者高天厚地恩，八方鳴笛水聲吞。門前看盡武昌柳，點點飛英是泪痕。

尊與恩

本來功過待深論，豈料僕人氣自尊。到底不知顛倒事，千家萬戶勸酬恩。
道勢相分世難論，慣於祿位即當尊。官場一種新瘟疫，殃及中文是感恩。
女神今日許誰論，大俠懸壺奉一尊。最是方艙相送後，無言患者念深恩。

網上學子留言感春日之將逝念書館之復還敬答讀者以人人來還爲尾韵足成四首

門前黑板字猶新，夢裏縹緗看不真。欲寄傷心與明月，西樓書館照無人。
麗娃楊柳最憐春，學子偏驚物候新。記得去年風景好，書窗淨几鳥窺人。
小窗鄰架暗塵埃，寂寞階庭半綠苔。莫道櫻花開且落，萬千荷語話歸來。
黄金屋與千鍾粟，紅袖香兼似玉顔。唯有此情終不變，春風樓館待君還。

春晨驚現一窠三卵於花盆之中戲題三首

杜門三月付蹉跎，鶯語花飛眼底過。好是陽臺春氣暖，烏鶇伏卵寄一窩。
神州回夢瘴魂驚，寒意倒春雨半晴。無限關情似鶇鳥，諦聽啄殼破新聲。
窗前日日對烏鶇，黄喙嚶嚶似語通。我問小鶇何日叫，老鶇笑我太匆匆。

四月雜花遍地田園將蕪感賦六首

小桃深淺映窗紗，柳絮飛時伴暮鴉。過盡春光人未返，江南又見斷腸花。
新放湖邊萬朵花，梳風沐露幻雲霞。尋常一種春歸去，三嗅臨風長嘆嗟。
八方神女舞長袖，七彩仙姝雲鬢斜。欲道此花奇麗處，今春瘟疫鎖千家。
園花寂寞化涓埃，荒草蔓藤繞樹苔。縱有石階關不住，一枝昂首漾風開。
天子呼來不上船，小村戶戶隱真仙。城中新造花如海，輸與儂家月季妍。
綠肥紅瘦何須嗟，春有奇香夏有葩。如此憂傷如此樂，人生難遇是詩家。詩云如此憂傷如此愉悦如此奇特

庚子中秋賞桂六首

驚風狂雨走殷雷世界何時百丈埃但保康寧人長久嬋娟千里靜無猜

念遠誰知游子難每從桂樹慰團圞倚門老母穿雙眼入夢今宵夢亦酸

桂月澄波映浦江縹緗篇頁帶花香人間多少滄桑事書卷安心是故鄉

寂境方知寒不凋瑶臺鏡影夢難消吴剛斫樹西西弗痛盡古今好漢腰

桂花落地聽無聲蟾影垂階滅又生望月中秋兼閲世本來無闕亦無盈

海空朗朗碧無垠大地欣欣靜疫氛又誦唐賢詩句好天香桂子落紛紛

庚子八月十六澱湖觀月於重重雲海中躍出賦二首

市聲漸遠漸稀微湖畔有人待月歸最是寥天空闊處萬頃雲海一輪飛

鶴唳霜天海月孤巨龍鱗甲欲吞珠向兒指點穿雲處破壁方爲大丈夫

寄懷建中兄兼寄武漢大學諸友

共有今春恨珞珈細雨時吟懷遠北雁言願謝南枝荆楚賡愁久襄樊困守遲

臨書意落寞不敢問花期

春疫通衢鎖難眠漏未央花溪約仲夏漢口望昏黄龍學終不朽文心永辟疆

應知千里友相待共傳觴

欲寄一枝春封城乏隻輪欲舀江畔水入海不親人欲問莽蒼天遘罹究何因

櫻花千瓣落無語隨風塵

久不見諸生書此代柬

不見諸生久家居又一春櫻花空入夢柳色自生新漸喜秋空爽更添騁望頻

中秋消息好綫下慰情真

新生來函請爲弟子亦書此代柬

忽有遠方雁秋來欲及門黔生古史擅吴質舊詩溫荆玉終深采隨珠映曉暾

老夫衰病起箋素侑清樽

題上海迪斯尼樂園十月三十一日烟花秀

君不見十萬游人不得出樂園一夜起凶訊杭城令下輕車截魔都陰氣來一瞬又不見白衣大士全武行應對秩然陣如牆警車不鳴人不亂數據一一暗自忙核酸檢畢歌未闌滿園祥瑞人盡安瓷器店裏抓小鼠又見阿拉勝新冠我欲飛身看黑河社區封鎖何其多鉛山辛集石家莊秋雨何處洗新屙南瓜燈暖迪士尼萬聖節對大宗師米鼠巡游未止歇游客紛紛笑展眉最是動人烟花秀朗麗高天猶白晝散葉開枝花似錦流星追月神相鬥一生看得幾烟火長夜綻放蓮萬朵如此黑夜如此花泥中千花修勝果天使曳兵百具備海濱老少皆入寐寒風瑟瑟作鼓吹更似千家酣聲醉

庚子年末滬上竹枝詞十首

臘月大寒年貨多走街串戶賽穿梭誰知冬日寒風裏啜水停車一小哥

乃師力薦記當時書味醰醰汝最知舊籍不知人已去冷攤流落暮何之

學囿文林筆一枝樊籠豈縶拂雲姿等閒再顧從來徑共話櫻桃夜雨時

西方撇手東方朔燕子秋風百姓家雅俗正邪皆是障淤泥蓮語吐奇葩 咏奇葩說

才見狂徒攻國會又聞軍帥縛昂山莫言權柄皆天授覆雨翻雲路幾彎

攜幼踏青忘往還蘇河春水已潺潺年年人與梅花約西老長風第幾灣

瘋炒白銀散戶狂華街爲爾久低昂盜鈴掩耳天真客世界真如殼裏藏

巴比倫城事已空西游新夢一笛風鳩摩羅什齊捫舌多少深宵意興慵 悼人人

一球如魅傍人飛氣勢如虹城欲摧莫道梅西魂魄附彎刀半月破天扉

家山千里夢魂中母子一屏對影空輸與志仁行乂者浦西戰罷又浦東 就地過年

卷二　記人

晚點五小時十點抵政大國際學人會館同學接機陳老師門前迎候曾主任電話相慰臺灣舊時月色仍好口占一首

虹橋滯久月初斜古道迢迢隔海涯今夜穿城何處宿故人不寐對燈花

霪雨不止任聽穎自山西來又匆匆别去賦七絶二首

晴光已是去年痕久雨臨窗晝日昏忽有任生晋陽至杯盤草草話温存

想象冰痕間墨痕龍城陋室一燈昏何人漂泊烟霾地猶有江南魂夢存

送伍昆還宜春三首

魔都飄泊幾經霜總有鄉情暗感傷一自伍昆南下後江東父老思何長

宜春游俠任風霜繫馬高樓情不傷記得初逢秋闈日涌泉筆底句深長

故鄉今夜月如霜母子縈心極目傷漚媪不知人已去聆跫斷續夜偏長

余自癸未年講學美院柳浪聞鶯校區今已忽忽十五年矣有學生曉暉丁禕以大謝詩春晚綠野秀爲一陶園十年以成今已儼然湖上名園秋日雅集感賦三首

小園豈有一塵侵盞盞秋光淺淺斟如此閑情誰畫得畫成應遂一生心

世間萬事不相侵自釀青梅滿滿斟冬有笋蔬秋有豆一琴晤對寫春心

聞鶯柳浪鬟雲侵古道清樽誰共斟一自長吟春晚句梨花明月動人心

春末貴州文史館館員會高人佳士濟濟一堂精神之盛宴也感賦四絶

游子歸來合有詩心如老驥髮如絲滔滔世味城中盡是我苗山獨往時

鶯聲雨意總撩詩歲月山風飄鬢絲借問鄉心何處折衰年老父手牽時

館員建策勝於詩心血織成春繭絲屯堡夜郎今古事榴花芳樹晚香時

何處老翁欲賦詩曉來新綠曲塵絲如何美麗霞光外七色終成一白時（余以爲多彩確爲貴州文化之特質然七色終化爲一白多中總有一理也一理者感而已矣）

戊戌中秋懷臺灣故人三首

[illegible]

集成詩三首

[illegible]

卷二 詩人

中秋數載鎖雲陰，競夕相思幾許深。今夜清光無畔岸，如何禁得故人心。

天涯一望自陰陰，濁酒消愁愁更深。明月穿雲沉復起，神州多事忽驚心。

吳剛桂酒醉花陰，玉兔蟾宮入夢深。莫怪姮娥何所在，千年不老是婆心。

陳寅恪先生誕辰賦四首

劫波渡盡是何人，文化神州寄一身。不采萍花高世意，年年遥贈一枝春。

千仞崖間誰丈夫，洪濤高浪蹴天浮。滔滔渡水江東客，還記傖僧舊義無。

先生所學關天意，世上幾人會得真。莫道心期游萬古，行間字裏墨如新。

荒野狂沙古塔尖，甘泉活水已深潛。暮砧催客鄉思遠，南國歸人未可占。

秋日哭金庸四首

人生俠侶酒當歌，長嘯樓高挂月多。最憶飄然身退去，苧蘿仙子想凌波。

家山何處寄烟波，觸目秋光紅樹多。好似文人血性在，江南千古一長歌。

衰泪遥添南海波，少年詩夢爲伊多。如何一去風流散，絶代英靈絶代歌。

處處高樓夜夜歌，江湖俠骨已無多。倚天照海花無數，一寸丹心一寸波。

友人生日有贈

歲歲生辰日，今朝倍可珍。回黄嘉樹綠，驚蟄信風親。煉氣清芬久，招魂古意新。頗憐微語在，心曲若爲鄰。

皋翔師遺著正式發行寄學淵小軍兄

遺編在手試長吟，一室春聲雨氣侵。尚憶東皋消永晝，竹香花翳樹蔭深。

卌年歲月太匆匆，重訪還如一夢中。園草不知人去遠，庭前依舊舞東風。二〇一六年重返沙河橋老宅一片瓦礫矣

阮籍途窮悵獨醒，皋橋歸去自芳馨。誰將羿彀卷舒意，説與槐鄉夢客聽。

敬悼李鋭老人曾拜望老人於北京木樨地獲贈龍膽紫集一冊今忽忽三十年矣

廬山飛瀑九天驚，三峽停波百尺情。最是中華殤國士，千山杜宇喚春聲。

絲盡春蠶蠟泪乾卞和司馬肉身殘如何豪杰心中事盡作蒼烟夢裏看

雙眼生光聲似鐘殷殷問我海上風當年臨別題簽在龍膽紫書鵑血紅

今朝往青浦福壽園送芳菲女史忽憶前夜曇花一現賦三首

百計難留一寸陰玉魂鸞影忽相臨傷心最是高樓月欲照仙姝未許尋

故人已乘歌聲遠相見今朝苦恨遲天上鳳凰音杳杳春風吹老鬢邊絲珍本紀念

集名爲乘著歌聲的翅膀

拼將詩句絆春暉不作千山黄葉飛從此每當鶯舞處山花爛漫認芳菲

辛丑春日絶句三章有贈

門洞稀疏破板支驚弓鳥鵲未安枝如何風雨摧蘭桂萬種酸辛祇自知

是真蘭氣到如今如夢黄鶯送好音昔日簾帷深晝閉韶光負盡美人心

黄花玉樹想當時月冷山深人不知最是天荒地老後清妍更有雪霜姿

卷三　記地

乙酉西湖詩小集

老龍井探春新草如裙檫樹如燈又得贈波普爾新書感賦一律呈傳曦教授唐玲老師

問茶龍井去年身又作神仙湖畔人已賞青松高士美更看老檫令郎親
柳前佳飲絲絲永域外新書字字新料得年年籬樊地三春魂夢繞湖濱

三月十日晨起大雪壓湖租車隻身繞堤唐玲老師忽喚往老龍井興盡而罷感賦一律

玉樹琪花第一倫自將單騎盡佳辰衝開東舍籬前地分得西湖雪裏春
二老招魂歌鳳嶺王猷乘興迷湖濱從今記得南山好清景素心長作鄰

傳曦教授舒展兄同游吳山感賦二律

一路山花重疊開清波門外燕初回新籠聽語悲雛鳥古水觀龜想稚孩
雲自林梢拖綠去客從山外踏青來一聯最是佳勝處窗下老翁酒半杯

泉自清清草自新雲居山上瞰城闉青衣童子人不見赤血竹園事亦陳
鶯鳥吟高依宋木茶烟風暖息勞人天公無限往復意南宋街前柳復春

講學中國美院杭州孔廟僅一墻之隔也唐玲老師介紹參觀感賦

萬古斯文萬丈塵湖邊過盡聽鶯人飄殘籩豆埋荒徑零落晨星没遠津
時念返魂香聚窟久隨望帝夢呼春依依門外萬千柳無限殷勤向客親

四月二日與玲妻直兒游湖作

人間何處是歸途如此雲山如此湖湖柳依依晴亦雨雲山渺渺有還無
兩峰人物屑成玉八景佳篇唾是珠今日銜杯相忘後此身何世烟波徒

對雪

薄暮瀟瀟朔風生鵝毛漫漫舞檐楹憑窗試向天邊問風雪勞人第幾程
鄉夢依依車總遲征夫自古最情痴想家心似連天雪日夜飛花無歇時
雪迷南國路途艱四野晶瑩接峒巒唯有鄉情封不住冰天夜越大苗山南方周末

載貴陽某大學生回家鄉桐梓繞道湖南終連夜徒步翻越大苗山抵達家鄉

泱漭冰天鎖漢濱英雄搶險已捐身不知今夜西風裏鬥雪三更又幾人

無題 己亥年冬在西湖

看柳西湖願已酬重來心事轉悠悠如何烟雨濛濛水化作天公殘泪流

杳杳遺章夢舊游兩峰清氣想風流無邊殘柳枯蘭意又是湖邊第幾秋

西湖約四首 杭城故人有今春西湖明前之約時在夢寐先酬四絶

曉暉約我明前去一樹梨花夢裏開惟恐明前風雨驟梨花可待故人來

學生約我明前去鮮笋鱖魚飲老夫書卷埋頭無了日可能抛却暫來無

舒公約我明前去細柳千絲湖畔斜且汲宋時龍井水聞鶯聽雨試新茶

西湖約我明前去送月分香敞六橋吾意也如潭映月爲他風露立中宵

冬日東湖看荷三首

晴光灧灧映金荷九女墩前杉影多如此風光如此水微波摇漾岸邊歌

小寒風露顫殘荷浩渺水天淡墨多湖是詩箋荷是畫舟人打槳唱漁歌

纔經西子亂風荷又看東湖紅樹多何日扁舟持好酒櫻花深處水如歌

冬日紹興安昌古鎮行賦三首

安昌碧水絶塵氛小鎮姿顔自出群最是不平青石板盡嘗世事盡欣欣

水鄉歲末漾祥氛臘月香腸戶戶勤輸與河邊扶杖叟隆冬一夢日西曛

拱起石梁留遠氛波光如眼寄殷勤尋常一孔街邊水纔有虹橋便可欣

晨起登珞珈山頂忽見亂石横斜枯松倒地賦一絶

難補蒼天祇自嗤穿空亂石半明時珞珈山頂一回望點點斑斑老杜詩

戊戌秋日西湖六首

三千書卷江南事十五年來雲水親莫訝湖山皆夢見一花一木是前身

每到秋來意不平漫天詩句是飛英講書歸去高低路總有天邊月送迎

桂香滿路繞湖濱歲歲沾衣點點親最憶楊公堤上過幾番花影是真身

滋蘭樹蕙老湖山又是新霜點鬢斑莫嘆他年魂夢遠此生幸得幾開顏

一家驛裏話親心電影逝波語夜深最是南山風雨路卧聽秋恨樹頭吟

轉塘過後是雙靈園有餘芳琴有馨數盞茶香心自愧梨花經得幾飄零

戊戌冬日石湖游傳志屏球孫虎堂明諸友同行六首

莫非後羿挽雕弧消得炎天入石湖九孔清光波影月三潭能及此橋無

蔡斌邀我游三吳孫虎甘心爲馭夫案牘勞形無了日可能拋却暫來無

一樹紅榴一老榆未知名字惱人乎唐人觸物詩思起且有識花神器無

山靜談天多岸鳥水清讀月有深魚何當夏夜荷香久換得浮生一醉歟

騷客千年萬語呼帝王六下六臨湖魂歸若過楞伽塔還記姑蘇錦綉無

漁莊小坐我知魚天鏡初開人似鳧（有人冬泳）偷得會前湖景望一分秋色肯分無

西江千戶苗寨行四首

千家萬戶大山藏米酒魚湯處處香莫道桃源無覓處緣溪行去即仙鄉

人偕天地最珍藏苗寨妹姝舞袖香請看滿村游女醉盡著彩裙入夢鄉

小餐山頂美難藏沐體金風月露香最是一天喧鬧後盈山星海近詩鄉

真相蚩尤何處藏雖亡猶有戰魂香分明贏得全球客千萬旅人認故鄉

從西江苗寨往小七孔途中聞游客爆滿景區關門遂改往漳江漂流次日往茂蘭自然保護區青龍潭一游

咬定青山不放鬆隧橋相貫勢如衡豈知七孔人人鑿不待莊生遣恨濃

崩崖倒挂老蟠松逆折漩波浪暗衝一自仙人指路後水明風靜遠峰濃

碎玉鮫珠起蟄松欲留還去兩衝衝溪深林密無人處唯有幽花色自濃

憶花溪八首

（花溪妙境花開又花落無喜亦無悲唯日日啓窗不禁對山色青青嘆衰顏自我余問青山何時方老青山問余幾時歸來遂作憶花溪八首）

窗前百囀盡聲聲長憶清晨魂夢輕山鳥不知人已去殷勤喚我碧溪行

茅臺美酒浹歡聲又憶晚風匝地輕拋却書篇休更問幾回人世短歌行

舒花晨雨總無聲三憶練拳骨脉輕記得庭邊河畔草身雖暫去氣仍行

河灘十里滑無聲四憶騎游一葉輕最喜小兒身似燕長坡脫手放車行

五憶佳肴有美聲苗歌勸酒舞腰輕歸來回味悠悠久夢裏幾番畫裏行

齊喑萬馬不聞聲六憶夜談重若輕莫道皆成伏地鬼人間向有駕霄行

七憶親交隔壁聲詩書埋首利名輕請觀世上教書者幾個高高山上行

夏夜黌堂蛩幾聲携妻牽子語聲輕繁星天上眼如眨影藻波中踏月行

民大新建之山頂棧道一閣凌空氣象萬千余名之曰無盡藏臺遠眺大將山孔學堂掩映其中

極目凌虛十二闌靜觀落照隱青山分明認得坡間路夢到花溪十里灘

綠水青山懷抱開仙風舉袂我初來管他上頭巍巍殿溪畔自多釣魚臺

新移手卷數青山白鷺飛飛碧落寬如此江天如此畫天涯游子幾時還

莫干山雨中游七首己亥年夏五月余一家五口與筱才世衆莉萍許靜宋宏一行往莫干山游兩日有詩七首

四面花香接竹香層巒千里氣蒼蒼摩崖壁下無人迹古望吳臺雨未央

雨後新涼不待秋莫干山上游人稠俠風劍氣消磨盡唯有清溪潺潺流

華屋山深換主公重來苔迹認殷紅空堂夜冷無燈火庭樹青青細雨中觀毛主席下榻處

梵唄清音齋醮閑樓臺烟雨夢中還可憐有客銷魂久想象江南第一山

竹海微翻萬疊波山嵐輕舞盡婆娑座中更有惜春客弄影拈花顧影多

雨中三騎脫繮奔初漲山溪白浪喧吁喘老翁收短訊雙車已過四合村

雨洗千山綠無垠波光天水兩相呑從來風景絕佳處游客多時總不存

姑蘇旺山塢一日行與蔡斌孫虎同游五首

玉屏青嶂碧連天竹響泉香共誰妍最是乾元藏古寺一巔遠眺太湖烟

堯峰千碧色分吳翡翠仙家遺一湖記得佳茗緣未了夢魂靉靆日西晡

寶華古寺樹參天插架縹緗集衆賢小立殿前無一事風鈴梵唄漾茶烟寶華寺佛

籍流通處有儒道書及學術著作請得印光法師全集等書以歸

揖山御虎清風添潭水探龍袪暑炎未盡蘇州十碗麵夢中野鴨味香甜

蔡斌粲舌逐風華故事姑蘇興未涯一日旺山無盡妙虹橋燈火晚還家

丁酉夏匆匆講學中大詩校後遇阻白雲機場唯看舷窗雨水縱橫而已

一朵康園足自嗟莘莘學子盡探花明朝分手江湖遠水復山重處處家

奔波勞頓不須嗟南國江山百種花莫道白雲雲不見風狂雨打是詩家

側身北望久咨嗟宮體何曾萬樹花春日釀成秋日雨舊時王謝老無家

飛機將降忽遇大雨盤旋半小時後平安抵達貴陽仍用前韻口占

雲中懸命一長嗟歸路迷人霧裏花爲報旅人渾無事一虹飛架客還家

滇黔紀行詩十章

一月二十八日

霧鎖申城化不開航班萬架直呆呆飄飄仙袂忽吹散知是蒼山洱海來

一月二十九日

洱西西望無纖雲水自潺潺草自新如此海天如此地不知何處著塵氛

一月三十一日

梵鐘聲徹三千寰鷄足名標第一山爲問壁間迦葉鳥守衣尊者幾時還

靈山一會妙心微野徑拈花踏月歸最憶冰苔悄悄化風鈴檐下語音希 靈山一會

雙關意思鷄足山是摩柯迦葉道場摩柯迦葉是佛首座弟子一次在靈山會上大梵天王獻上金鳳梨花給世尊請世尊爲人天說法世尊升座拈花示衆聽法的人天皆默然唯有大迦葉尊者破顏微笑世尊說我有正法眼藏涅槃妙心實相無相微妙法門不立文字教外別傳付囑給你你應當護持傳付將來於是迦葉尊者來到鷄足山

二月一日

歲除登頂望無垠霞客當年唱嘆新最是星光連爝火彌山盡是謁山人 某年除夕

徐霞客宿鷄足山頂見無數朝山者舉火把向山上走來激動不已記云憑窗前瞰星辰熚熚下垂塢底火光遠近紛拿皆朝山者徹夜熒然不覺與瑤池月下又一觀也

二月五日

一帶輕紗繞遠田數坡草色簇春烟客來夢醒知何處身在米家水墨箋

安南古道通天竺馬隊深山鈴語疏不唱陽關歌梵唄人心直抵妙音初

二月六日余往鷄足山上金頂朝華首訪迦葉祝聖諸寺均有迦葉尊者來此開禪宗道場之説言之鑿鑿此乃守衣隱身處彼乃化身入石處云云余讀古今各種山志游記史傳亦言之鑿鑿不見絲毫疑問臣本俗人胸中一大疑竇未能解得莫非迦葉早於慧能之前更達摩一葦渡海之前即從印度來華於此山創立中土禪宗第一道場離山前之清晨訪九蓮寺住持拈花微笑道人不禁衝口而問如何證得迦葉來華事拈花道人微一笑曰汝要證得何事大千世界法相俱空萬法唯心汝要證得何事道人贈珠而辭寄拈花道人絶句一首云

聖迹春風草木深九蓮寺裏得幽尋他年縱有相逢處不見拈花也會心丙申小年

於大理往昆明車上口占

二月八日余自申城往大理轉昆明赴貴陽大年三十晨抵家探望父母大人甫入門九十老父問余曰天下子思父母心切耶抑或父母思子更切耶余莫能答有詩記日

一路青山與翠溪清風明月鷓鴣悲親心總與月光在到處隨兒兒不知

二月十二日余自少離家每臨行之夜老父喜作長談言之切切心長語重余唯默然今余忽忽六十一歲矣亦臨行之夜九十老父唯枯坐而已飛機上口占一首

桃李春風甲子新當年臨别寄語親不知今夜誰共語獨坐深宵夢醒人

教師節往咸陽上課鵬背作

常憶唐人邊塞圖咸陽游俠夢中呼不知今日三秦地還飲新豐美酒無

啼花嬌鳥過相呼繞樹游絲赴宴圖忽憶當年登雁塔蕭蕭落木入秦無

咸陽行八首

咸陽古渡三首

渭水圍湖且倒流赤闌巨閣倚空浮不知古意存何處烟柳斜陽遠渡頭渭河到此圍而成湖一橋飛跨嵯峨壯哉然全失古意

咸陽古道夢魂浮柳自青青水自流今日唐人零落盡西風殘照渺樓頭

綠蕪秦苑白雲浮一去渭河入濁流唯有河邊文廟裏關東義士不回頭文廟展出漢大規模兵馬俑方陣發掘地楊家灣據水經注方位可推定爲周亞夫細柳營故址然則兵馬俑方陣爲周氏家族墓葬

昭陵五首

秋風初起謁昭陵縱目周塬無限興最憶樂天詩句好聖心百姓總相應白居易策論致貞觀之治者一言以蔽之聖人無常心以百姓心爲心

九嵕山上拜昭陵辨字捫碑閑廢興莫向天邊凝望眼長安不見倩誰應

入囊英杰佐中興殘照西風漢家陵舊恨前嫌皆不計魏徵尉遲喚相應

六駿殘碑想少陵致君堯舜醉狂興深山大澤鵑聲遠啼血千年都不應

經國功高等岡陵一峰孤兀白雲興可憐高祖後身事兄弟相殘天不應

徽州行十九首

戊戌八月余與玲往合肥講學後與許偉文紅驅車游九華蓮峰查濟桃花潭經蕪湖而還皖南山水之佳荷月蓮子之香徽州人情之美在在令人難忘以詩紀之

晨練太極歸酒店門前所見

蜷體輕鼾駕座蟠啃書夜短夢中歡爹爹深巷樓高處送得早餐第幾單

合肥講學次韻喜陽贈詩

除却巫山不是雲廬陽三杰振斯文何人更學喜陽事縱目八荒誰與群與喜陽何換生錢江小聚附喜陽原玉胡曉明師來合肥爲中小學校長講人文素養二〇一八年八月二一日雨過天青映白雲繁華大道説人文一番語重心長遠君子之風矯不群

拜望何小麗父母口占一首

壘街小鎮老詩翁賦得桐城童子功莫怪後生皆健壯一門傳有古人風小麗華東師範大學陳挺教授學生現在美國密西西比州立大學其子壯壯畢業於美國賓夕法尼亞大學其侄子强强爲北大物理系三年級生何叔叔自小讀四書五經後爲二炮教員詩有情韵八十九歲仍能用桐城方言爲我吟誦滕王閣序

重見九華山感賦

别離三十載重上九華峰晨霧飄如幻松山望似空挑夫坡路乞香客鬼神通歲月滄桑事渾如一夢中

九華山後山偶得

竹林小徑帶汀灣雲海蓮峰筆架山最是徽州民宅好瓦青墻白伴人閑

九華山下山途中口占

清風穿竹海細雨聽松濤纖手剝蓮蓬農家飲薄醪

青陽途中偶見

將軍湖上晚風涼樹遠山深蘆葦長一種荒寒蕭瑟意金庸墨寶峭岩香

青陽往涇縣途中二首

青陽一路稻花香宿雨初晴綠意長安得走村穿戶去摘瓜搜蛋捉鷄忙

環溪密密翠鬟松叠嶂青青水墨峰最是搔人心魄處八方澗水聽淙淙

車泊皖南荷花村似置身荷花之海清芬之境莫可名狀

四顧山光接水光停車十里芰荷香何當喚醒大千叟潑墨飛毫恣意狂

羡她清遠駐仙鄉素面村姑映翠光一自荷邊停靠後輕車蓮子口中香

桃花潭六首向李白汪倫致敬

桃花潭水碧悠悠李白題詩在渡頭無計傾心今日意清波躍入一嬉游

詩篇千首最多情一意修行夢不成何處人間猶未捨桃花潭畔踏歌聲汪倫修書曰先生好游乎此處有十里桃花先生好飲乎此處有萬家酒店李白即欣然應邀往桃花潭一游

天心人意兩相應自古詩興乘酒興最是文章佳勝處碧潭千尺黯魂凝

最難消遣是詩愁山水終須文字留一自桃花潭浴後此生詩債更難酬

潭區門票太荒唐遠隔渡頭强設墻莫怪人情不似古空心教化貌堂堂

半醒半醉半唐人斯土斯文斯意親如此家山如此水三生無意作移民

由桃花潭往蕪湖手機充電後作

斷電停機音信遲忽然群裏急飛聲桃花潭水深千尺不及諸生接我情

留蕪湖兩小時與宏堂小芮念東一晤匆匆别後車上有作

師生茶聚盡歡顔學子生涯舊夢還話語殷勤猶在耳輕車已過馬鞍山

吴山越水之間七首

庚子病榻纏綿半月昔日經行之地皆存之夢寐以詩遺日三十首

憶昔言詩西子湖經葩騷調字藏珠如何踏月歸來路上下清澄一玉壺

荷花小巷柳蔭閑龍井茶坡雀舌尖莫覓屐痕行止處吳山自在夢魂間

一樓瞰碧四峰圍湖畔名居倚暮暉記得年年新龍井茶香麈尾每相依先師與毓生教授常聚杭城湖畔居傳曦教授唐玲老師邀飲

屋外青山入酒杯梅花梅子醉人來不知野秀陶園裏又白梨花第幾回主人梨花之約甚久矣

嚴子陵前一麂鳧富春江畔草花蘇千岩叠翠雲深處知有烟波釣客無一九九〇年初訪富春江後漸知嚴子陵乃江南自由精神之象徵也

放翁老去壯心酣勾踐歸來意不堪一種越鄉心各异温馨剛健是江南

吳織衣工水稻鮮東瀛蘇樣自年年京都縱有千般好不及吳儂軟語甜

貴陽及十里河灘四首

十字街邊樹幾行海濱游子九回腸倚門倚閭慈顔在涉水攀山客夢長

魂夢千山度若飛欲尋鄉路邑門非莫嗟浪子天涯久月鏡風梳待客歸

碧水東西細柳長淡烟深樹小鶯藏橋頭路盡停車處知有苗家茅酒香

峰青水秀雲錦張時有白鷗款款翔最是黃昏深柳岸微明漁火各一方

臺南臺北之間六首

寒碧連天接九垓潭邊仙夢胡來哉分明一段晶瑩玉水作瓊漿山作杯日月潭

野花撲眼路難尋民宿無人月滿庭記得雲深篝火夜吉他一曲萬山應阿里山

野柳歸來落日黃車行十里盡漁莊誰家酒幔招人醉黑鮪初嘗口口香陳鴻森教授伴我臺南臺北游遍嘗臺灣美食忽忽已十年矣

中大人情似故都山河阻隔意何殊魂歸若過專家館還記阿姨藥酒無余客座中大不慎腳踝傷骨會館阿姨以傳家藥酒贈我療傷有奇效

草木欣欣如有神校園蛙鳥亦相親小兒鹿港求籤願來歲當做中大人

經史文章八代空天真爛漫老頑童何時新竹梅花地藏海故人霧幾重

香港中大二首

關關鳩語落花中款款蝶飛秘徑通最憶合一亭畔樹俯臨天水遠烟空

相思樹老杜鵑紅舊燕巢驚樓館空縱使重來不堪看塗鴉黑字悵秋風

巴黎五首二〇〇七年余訪學巴黎三月聖母院之鐘聲塞納河之波光十三年來時在夢中

一憶河邊妙樂紛翩翩歌舞近黃昏忽然旋律曾經耳有女他鄉招我魂

二憶千家競畫妍一如魚水戲田田人間縱有污泥處化作清香瀰大千

三憶焦皮長棍香焦皮軟糯味悠長如何再做背包客東巷西街看戲場

四憶歐洲國境無比荷德意是通途地中海畔裸游夜岸遠依稀燈火晃

五憶咖啡左岸香一杯直遺九回腸世間飲品應無數清興孰能如許長

病房記事五首

欲請華佗舒妙指忽然留命取丹田周天大小皆成夢依舊心蘇一劃前

三更鐘後更回腸八面翻江嘆息長一代知青身已老軲轆夜話是癲狂

擷取三千入極微梅林橋畔嘆落暉春花竟與秋風約白髮人看黑髮歸

問余迦葉傳燈事敬爾爺娘撫幼心四海九州都尋遍且看花落雨紛紛

勸君珍護窗前草憐取同船共渡人記得當年小孩妙錢公一語最傳神錢谷融先生初見內子戲稱很小孩子呀

已遣

已遣當年韓托胄放翁异夢有深悲燕歌趙瑟聽將盡祇恐春花急雨霏

卷四　記親

四月二日與玲妻直兒游湖作

人間何處是歸途如此雲山如此湖湖柳依依晴亦雨雲山渺渺有還無兩峰人物屑成玉八景佳篇唾是珠今日銜杯相忘後此身何世烟波徒

春意醉人晨課與諸生講宋詩一枝剩欲簪雙髻未有人間第一人感慨繫之午時又與玲言及金岳霖林徽因典感而有作壬午四月五日

最愛人間四月天桃花流水盡春妍如今歲歲堪憐處青草長風楊柳烟

總是人間四月天石磯西畔看花眠此生長飲清溪水源自卿家蝴蝶泉

又是人間四月天誰簪雙髻花嬋娟欲將今日懷人語重説唐賢芍藥篇

留別腸旺麵外四首

旺紅腸白綠葱湯一碗鄉愁泪幾行莫道食材身份賤大山深處有奇香

加粉加冰加蔗糖玫瑰果粒透心凉一瓢爽爽清風滿歸夢不知山水長冰粉

烏魚米酒老酸湯歌舞苗姬勸客嘗一自瓊漿潑濺後幾天不肯浣衣裳酸湯魚

湯清皮脆肉回鍋窗外蟲音向晚多最是舉杯雙泪下一聲游子動人歌之江約衆人共水煮牛肉

世界饕餮數此邦此邦小吃數家鄉日韓法意都嘗遍輸與俺娘豆豆湯

念母歌四首

一生辛苦爲兒多忍看情親阻尺波昨夜小窗春雨響聲聲都是少時歌

雨冷三春白髮多浦江渺渺水空波自嗟不及熱門劇日日催眠伴母歌

魚香鷄辣累伊多夜話慰心嘆逝波安得魯陽戈駐日春風沉醉蓼莪歌

月明多處兒愁多孺慕情深大海波夢裏不知漂泊處嗽天含水扣弦歌

借洋節贈詩吾父及岳父大人

屏中洋節鬥新奇兒有歌聲女有詩我亦有心娛老父可憐老父問阿誰

滬上劬劬作火夫仍將詩意畫成圖童心不爲塵煩減自有荷香出泥污

大雪玲兒生日石竹花開佳肴盈案茗話近事感賦三絶

大雪冬晴石竹開朱英綠葉暖風回欲知華予經年否風雨一陽往復來

天命年來總嘆嗟夢瓜種豆苦生涯何當艮夜桃源月細數卿家樹樹花

臘殘冬盡又春敷花落花開病欲蘇莫道故鄉花事渺聽鶯處處即功夫

優曇花開余出差東瀛隔海相思往來夢寐亦詩家之命也賦四首

檀心盡放向卿開不負花前照影徊一朶優曇一世界夢中驚坐奇香來

冰肌雲鬢仙鄉魄脉脉盈盈逝水前爲報人間相待意拚將一瞬爲君妍

素手纖纖娥娥妝遙思天女下凡鄉莫嗟尤物慳一面亘古詩心參與商

明知不比恒堅玉遂性猶開頃刻花縱令今宵身委地月魂分影上窗紗

題上海西郊賓館中秋闔家湖畔餐聚

脉脉清波許久留彎彎鵝頸似相勾桂香已杳香榧墜更有澄湖璧月秋

相聚同看一月懸兒孫小字共名圓知卿不作西郊主祇借西郊湛碧天西郊賓館爲當代政要會晤之所

己亥歲初寒雨霏霏讀定庵己亥雜詩

狂慧幽光濟世才百篇讀罷幾歡哀春寒不管春花恨更卷浦江暮雨來

萬古飛花魂未蘇雲屏夢裏美人孤長天寥寂遺音久知有冥鴻回首無先師癸未年歲末題定庵手書詩卷曾語云雲屏夢裏之人久逝萬古落花之魂未蘇一燈齋心尊前百感冥鴻回首長天遺音此隱括而作

玄宰子昂真可哀完翁摹古勁風開請君盡閱大清史若個英雄館閣才定庵終身不爲館閣體故其殿上三詩三不及格不入翰林然其明言子昂墨猪素所鄙玄宰佻達如蜻蜓

淪落天涯遇所欣囈詞佳境靄氤氳如何心上温馨過除却巫山不是雲

神州何處聽風雷地震咚咚亦可哀縱使定公重喚起青詞江上豈容猜

己亥年孔學堂辯論人工智能作詩感賦四首步己亥雜詩韵

倚馬吟詩不避賢千家釀得酒如泉含毫欲腐雕蟲事輸與小冰二百年小冰乃機器作詩之成功代表

小屏妙指可移山萬卷詩書已破顔莫道風情渾不解字間藏夢待春還或言作詩機無情然萬千語彙自具感情人類虛擬語言第一何謂無情

縹緗盡廢本來難筆墨皆拋何處安最是傷心千載後誰人舊簡拂塵看咏紙帛文化之將毀

西天實有未招魂妙諦真經閉九閽筋斗空翻千里路不如徒步解酬恩咏讀書傳統之將毀

己亥端午三首

故國頻聞鼓角聲家邦如何續升平詩心猶是騷經舊白髮新從域外生

美政仍從氣脉尋靈均太息意思深十年生聚內修事更勝復仇雪耻心

年年端午競龍舟豪杰英雄何處收君看當年韓太傅傾邦孤注悔千秋

飛赫爾辛基途中讀通鑑胡注表微雜題六絶

朱子箋騷爲汝愚身之注史發深吁不知鈎黨圖謀事漢宋君家省得無漢靈帝建

寧二年

若神微子似登壇於禹聖人無間然一自士風凋敝後覆巢之下卵皆完 宋文帝元嘉三年

首鼠兩端不刺時更無一個是男兒漢家淚信公卿好社稷公卿可共持 漢和帝永元元年

凶鷹猛隼出風塵分地奪田不顧身千騎群奴爭致死當年侯景已知津 梁武帝太清二年

温公治國不聞喧一似老聃烹小鮮掩卷回首多少事舷窗放眼碧雲天 唐昭宗天復二年

讀竟殘編氣欲枯元和十二夜啼烏誰能雲上輕伸腿太極三招遍體舒 唐憲宗元和十二年

如何體八首

谷歌搜索年度之最火得如何一語唐詩亦以如何爲第三句之轉也遂以爲戲

大火森林已莽蒼颶風西海盡荒荒如何殘淚欲枯眼猶對無明舞若狂

酒醒神州心已蒼人間理想未全荒如何推石上山意尚有殷勤理舊狂

鷄歲咻咻俱往哉狗年凶吉苦相猜如何得使狂人約不共淫威一并來

臘月梅花寒更香海邊明月映波光如何不管茫茫路情繫東西苦難鄉

科技翻新光景奇漫將創意與君期如何筋斗能千里不爲金箍限少時

滿眼風光水泥墻人潮滾滾上班忙如何城市三春景不及山窗午夢長

識別猫兒事不鮮智能神器已翩躚如何芳草天涯外更有仙家天外天

道義東西無古今雪中送炭勝千金如何咫尺鍵盤上便有賢人饑溺心

七七級招魂寄楚國

歲華搖落不堪論今意難招舊日魂記得傳聞復考事一燈寒夜發春温

四十年前不忍論流傳禁本總銷魂上班辛苦一天後雪夜抄書被半温

少年狂想更休論煮字充饑又落魂荷戟彷徨千里外鄉書何處寄餘温

華夏新圖共討論江南實有未招魂空山日暮歸思動垂老心情待春温

書中總有最銷魂奇女名姝誰與論衣帶漸寬終不悔新詩初寫字微温

陳王音旨杳難論睹字如歸月夜魂閱盡世間應制體心香猶對篆香温

商量舊學須細論學堂生機喚游魂莫問漢家天子事講經論學席方温

左右紅藍都不論詩書故國劫波魂種花猶有後來者今古恩仇一笑温

無題三首

弦誦私淑近卌年更因世事證前緣教書記取先生語不乞人間造孽錢

地老天荒仁者心暮年詩偈動人深傷麟泣驥長歌哭冷月千江憶此音

相思紅豆是前身南國青松雨後新大樹經冬猶翠蓋繁枝留待後來人

次韻鍾錦兄泰西哲人雜咏二首自杭州往貴陽飛行途中作

中西大哲不同思臨水東流無盡時一自唐人取經後修成正果至今疑

鐘聲一記水天聞舟影飛鴻杳不分雲起水窮行坐外可憐西土盡紛紜

俄羅斯近事感懷鵬背作

逝波誰道是恩波鬼哭啾啾血淚多今日征帆何處去歸鄉游子大風歌

滄桑世變蕩千波一帝功成白骨多無字碑文心處立後人譜作自由歌

西風吹老五湖波夢醒舟中涕泗多遥想柳錢明月夜水鄉一曲采菱歌

浩浩青冥漾月波長風萬里客愁多不知玉笛吹何處梅自飄飛人自歌

冬日雜興三首

宫墻高峻夕陽微一曲離歌酒一杯最是京華天氣好蕭蕭落木雁紛飛

流人遠客自低微誰賜金莖宴却歸一種傾城風景好黄昏小巷轉蓬飛

萬家燈火紫烟微綠酒金樽白玉杯唯有古都墻外草秋霜黄葉傍人飛

落齒

今天牙醫宣布有三顆牙齒最近將離我而去蒙田隨筆多少回我成非我開頭說喏我剛纔掉了一隻牙不費力氣毫無痛苦這便是自然的死亡期限已至斯賓若莎人身之新陳代謝不待陳屍尼采人於大死全死之前無時不日不小死西方古詩生命即息息相續之死亡吾國莊周云藏舟於壑藏山於澤夜半有力者負之而走昧者不知也東坡一彈指頃去來今柳宗元坐來念念非昔人張大復梅花草堂隨筆眉公語今日眉公見訪會

將嫁女孟氏言次及之眉公嘆曰大地一梨園也伶人演戲先離後合人生不然父母妻子乃至骨肉齒髮剛合即離真可發一笑耳戲題一絶

茂陵風雨病相如捫舌猶在齒稀疏莫謂口中今寂寞來時尚有一顆歟

近聞二首

醫患相逢狹路間幾番阻止尚强蠻莫嗟捕快鋃鐺銬有脚陽春去不還

人命危淺似小蝦森然世味一聲嗟求醫問遍大醫院楊柳春風有幾家

題母親自傳改土

劍仙俠客本翩翩忽又秧歌手手牽何處戎裝人第一天河瀑布水連天

親情豈可去翩翩五味翻騰魂夢間最是傷心童子節風寒霜冷斷腸天

題三駝圖兩首

腸肥腦滿一家親拍手哈腰莫問因今視昔人猶恐後又誰不是畫中人

聖必余師胡可親團球一體豈無因如何品字歪翻倒大樹失根風裏人

桃花與荒村三章 某日途經一拆遷鄉村壟廢屋殘草長戶庭滿目荒涼中忽見一樹桃花怒放一鶯啼過繁艷如雨似有千萬言感賦三絶

荒村獨樹弄殘霞壞壁頹垣水一涯欲問主人遷何處不知憂樂自開花

花光烘日欲成霞拼醉春心天一涯試問東風明歲好幾人記得夢中花

王母筵驚醉晚霞汪倫歌遠寄天涯如今抛却孤村裏紅雨繽紛滿地花

國球教授欣錫宜學銘傳英杰於南園茶聚談及臺灣文化政治之謎局余以誠之先生金世宗故事解之欣錫有詩紀其事余仍用前韻聊以答之

陰陰榕間一徑斜尋幽愈覺在天涯天涯縱有傷懷事來歲仍舒滿眼花

暮蟬風樹夕陽斜飲罷東西各一涯最是孤懷無奈處傾情如醉鳳凰花

鵬背題詩字半斜暮春心事在天涯何人托夢此中意南國江山玉樹花

偶讀禪月大師山居詩有句舉世衹知嗟逝水無人微解悟空花心有所感集古人成句續成三章

舉世衹知嗟逝水無人微解悟空花殘年作客青山遠下馬長亭即是家

舉世衹知嗟逝水，無人微解悟空花。笋輿傲兀聽欸乃，合眼歸心即到家。

舉世衹知嗟逝水，無人微解悟空花。夢中古寺歸何處，門巷春深燕作家。

中國文論群三周年戲爲五律三首自滬飛深鵬背作

亥步駸駸去子時彌彌新艮朋三載契嘉會八方親釣客春常在井書百世珍
歲闌搔白首多謝鏡中人

晉宋風流散談嘲事未陳歧思增語妙异地益情親但使清言爽何妨議論新
自慚衰老分袖手看生嗔

他日劉賓客能知新語無屏間飆穢字話外蘊明珠故國三春樹家邦四海圖
且當脫網鯉泃沫在江湖

自昆明之春至保定之秋文論會四十歲矣開幕辭余脫口而嘆人生消得幾春秋即以此爲韵感賦三首

人生消得幾春秋對弈中西棋未收一自春城開局後如雲高手上瓊樓

歲逢不惑莫驚秋伏櫪初心未肯收更有少年呼健馬琵琶欲飲醉歌樓

抒懷言志歲千秋華夏文章浩莫收國有游魂招未得天涯望盡最高樓

詩三首賀古今中西之爭與中國文論國際討論會召開

文論已過百年身古樹新花又一春莫負萬千楊柳意滿山都是踏青人

今古中西漂渺身文章華夏苦爭春如何述往思來意玉露金風問故人

水窮雲起是今身海日樓前萬木春最是空山新雨後竹喧蓮動待佳人

武漢大學中國宗教文學通史審稿會感賦

武漢大學中國宗教文學通史審稿會光正教授以十年磨一劍之功數百萬字之篇幅爲五四下一轉語欲於人性解放之文學史外更別立人性解脫之文學史其眼光之巨願力之大令人感佩書稿中引維摩經游戲神通一語忽有所感聊賦三章鵬背作

十載文家方外心珞珈山裏得幽尋北方昨日雪初下綻放新梅香氣深

頗學唐僧苦用心太虛夢好欲重尋如何烟閣紅樓外更有禪房花木深

本是人間不動心偏將綺語巧思尋莫言靈境荒荒路解脫深時游戲深

有感清華園近事

人向松間留夕照碑從史上隱真身不知南苑海棠樹絶艷繁枝第幾春

漫天飛絮已成塵讀罷遺篇似酒醇記得先生詩味永看花猶待後來人

看黎巴嫩電影何以爲家感賦

螻蟻人生何處家本來天使落天涯千般苦罪都擔盡且作當今孽海花

誰以兒童作草麻誰教父母變人渣如何世界繁華盡人海茫茫不見家

竹枝詞六首 聞美國政客文明衝突論再起

東海西洋此理同人心仁善本相通如何戟劍森相向非類不親指顧中

玉帛從來不止魔如今戾氣化干戈神仙打架輕揮手苦煞殷民阿太婆

佳期已去散雲烟轉瞬相逢狹路間一自妄夫川普後美人迢遞隔青天

今朝冷戰又元年昔日蘇聯敗滅先莫道福音皆普世榻邊豈許外人眠

美中天氣變晴陰以利相交交不深縱令暫相然諾許終將昭然路人心

曾助清華育國英更援抗日請長纓如今友善皆捐弃秣馬龍堆月照營

看使女的故事

紅裙白帽眼荒荒主教床前兩腿張一入此門深似海求生夢魘夜茫茫

分離骨肉天良喪姊妹相殘投石狂莫怪屏前消睡思史書血字已微茫

宜應稱頌禮虛皇行走子宮任暴强爲問偷生勝欲死無家孽子要見娘

看電影三塊廣告牌

青山綠野大書冤老婦私讎怒淚掀廣告三幅雷霆力要從法治識根源

草民媒體助申冤惡警傷人連店掀衰嫗有心何可奈制衡社會是權源

看流浪地球不離捨不倦怠乃東方大乘精神也戲題二首

百孔千瘡浩莫收皆因原罪萬古留西方科幻都看遍若個逃生帶地球

留種千年太繆悠熊熊天火一樽酬如何父子不相見猶造文明新九洲

基因編輯造人釀成惡果天怒人怨感賦三首

客因論道舊人贖成暴果天涂人忽感賦三首

留連千年大綜綜熊熊天文一統翻如何分手不相見滄浪文明新九洲

行祉千尋造其收成因原再尋古留西方樹幻部有前古画生生帶通球

言論真理求不辭命不滯危乃東方大乘精神出歐羅巴二首

淳天與神明中國深藏奇人運石城交通有心何可分制衡社會美麗譜

青山綠野大自沼先瑞社群沁潭流通古三福雷震力要侶治識流遠

有電見三境廣苦海

自然神通量星行走千寫任暴通思問命生隱於泥無余美千年見通

分離貫內大良東西林相茂沒石在莫深再再消時在元書而字己處在

然後人幅限完在十故床南兩隨流一入此門深從海水生萬屬何況許

言使女的改事

豐功言論已固矣用意援於日請長經如今友善好道并林馬譜在日用當

千大氣象情深又相相交交不深深縱令回相飲苦年路亦路路人心

今相入致文元未古日來聯數所先大道福音音音世福喜直千外入明

伴三方未散字而轉殿相年殊路同一自若未川茫夜美人迢遙隔青天

玉清從來不生死如今天氣化千文漸由巧架經禪千古殊眼只阿太深

東方四洋此理同入心仁者本相通如何戰劍來相向非趙不統結顧中

什麼設計六首明志美政答文

千以見逍作草林話教文母變入造如何世界殊手盡人道若不其苦宗

華藏人生何處尋本木大厦落天涯千般苦罪部牆盡且作當今寧折花

看象已演見影何以寫美感賦

天地涂將已成密講道常中從酒酒詩律大生時來水言花酒得後來人

八方人間留女成碑從中上懷直身不知南海酒南南滿世海海若遊春

天下成清華園大事

一自摶泥有女媧修行千歲老天涯如今科學剪刀手竟毀人生自在花

狂人貌似一神媧挑戰天真到海涯最是天良皆喪盡裁成人性是瓶花

天性殊尊無可加探窺求索有津涯無端去效割頭術瘋長野心是病花

回滬喜雨

風狂八面千樓隱雨打孤城萬樹摇想見定公詩句好秋心如海復如潮

春風與花三章

換藥室

翻新圖案不須嗟總把白紗換血紗莫向春風祈百艷人間閲盡萬千花

電梯工

暗無天日亦堪嗟苦臉愁容未有涯爲問匆匆進出客此番春雨可催花

病友

醫生不見暗傷嗟前路茫茫隔薄紗忽有鄰床娓娓叙寒風臘月漾梅花

敬題北大圖書館一百二十年館慶二首 戊戌年秋十月

縹緗縑素接雲霄萬館千燈敬大釗已慰獄中自述語保存文化看今朝

學子莘莘愛此宵書燈樓館續昭昭劫波渡盡凶年後春滿燕園看我朝

附武漢大學圖書館館長王新才戊戌秋北京大學圖書館一百二十周年館慶華東師範大學圖書館館長胡曉明教授欣然賦詩徵和因步韻

風雲雙甲氣凌霄智啓蒼生共勉釗萬軸不教空插架任惟弦誦永朝朝

附復旦大學圖書館館長陳思和步胡曉明館長賀北大圖書館雙甲年館慶詩韻兼賀北圖大慶

京師大學九重霄誰憶紅樓數兩釗鄰架千秋培國士書長人壽夕還朝

答永翔先生 丁丑

鄉關渺渺正懷愁咫尺蓬山翔白鷗碧玉清波無限意鄂君越客本同舟

君自雕龍成妙名我非畫虎愛虛榮等閑回首千山外細訴人間不了情

寄題昇之兄散文作品研討會

滬上能文誰及君清新健筆婦孺親如何得與昇之伴歲月如簫又似春

餘墨深情寫痛痕鄉關愁苦字間存分明記得江南夢召喚清初明末魂

天下何人能及君詩書學養妙無倫高樓明月清歌夜知是昇之最暢神

次韻裕鍇兄席中聞陳釀本事戲作

學壇難得有情郎復旦還當俠酒香搜盡唐詩無覓處青絲一縷繫愁腸

附周裕鍇席中聞陳釀本事戲作

冊府鴻儒玉柱郎陳年仙釀味尤香可憐咫尺凡間隔一綹青絲寄斷腸

戊戌春日贈揚之水女史

黃鸝百囀最高枝碧柳千條惹夢思一自流傳揚水調海棠雖好不題詩

憶昔牛童唱柳枝寒冬未盡待春思娟娟一紙賀年字便是江南萬首詩 三十年前常得老師清麗小楷賀年明信片代約稿函有一年寫道春天來了來一支牛背上的歌好麼

腥色屏風欲折枝仿佛去歲燕相思一番低語千番憶物色皆成無字詩

尹小林兄國學寶典十年生聚終化而爲傳世藏書口占二首以爲賀

寶典當年脫口呼高人秘笈古不殊而今身化千千萬薪火相傳今古無

豈能勛業不歌呼原乃愚公與世殊一自與天爲徒後初心一點更旁無

會堂人大酒相呼巨冊煌煌景尤殊正是京城秋色好香山沉醉解醒無

蘇州召開陶公與園林會余因事不克赴會寄龔斌嚴明諸兄

入夢陶公手共携吴江烟雨眼中迷扁舟一夜搖何處且過石湖塔影西

千載園林詩客夢一花一樹細温存當年長嘆歸來去正是江南自古魂

七絶五首佐之寂潮先生榮休紀念奉祝

校讎稽古表精微朱顧淵淵文獻歸一自佐之還滬上燕京故籍解人稀

本來面目是詩家斷字勞生搖歲華匿彩藏鋒水藴玉輸他三月曲江花

懸車人老彩箋香心有蓬山作醉鄉太史又驚天象异文星從此鬥新狂

教澤真堪流四海詩名已自播九州無端雙神成大耋彌縫傳經誰與儔

驚心白髮夢耶非墨點縹緗雪點衣何處韶光爛漫後餘霞更看散綺飛

學鍇教授唐詩選注評鑒新版發布余因事未能赴會賦七絶二首以賀之

百折縈巒且採先萬山深處響寒泉隔林寥亮誰家笛一徑穿雲别有天

弦誦追攀卌載前玉溪照影舊因緣遙知今日鏡湖畔絳帳森森玉笋鮮

次韻奉酬鵬程教授答友人問近况之作二十三首古人所謂文字因緣亦略記己亥歲之飛鴻雪泥也

十里芰荷十里香幾回夢裏繞村莊池邊記得中元夜漁火星光孔學堂（余每年往孔學堂晨光裏荷花如美人初起新妝待試雨後尤佳常徘徊流連久之七月半鬼俗猶存花溪兩岸燒紙火光不絶舊時人情也）

今情古典俱堪哀歌哭無端痛史斑正是驚飆淫雨後西風殘照宋王臺（十一月港亂正劇於香港浸會大學開創傷與文學會後竟訪宋王臺斯世何世也）

筆墨江南第一流富春山水最無憂干卿望子黄公事大痴身在半葉舟（余於上海博物館講富春山居圖講及黄公望身世所謂望子久矣之怪事）

心情總逐蒼雲變風雨欲來悵所之畫水鏤冰貿易戰忽驚忽乍記當時

桂魄梅魂三宵露淡烟疏雨落花風一湖青寂千絲柳沽酒嘯歌任老翁清明節在青浦之澱湖桃源

男兒須讀五車書心愧古賢總不如莫嘆今人皆入魔仍須淪浹會心初

歲歲秋光催客醉楊公堤外最難圖相思細雨天寒日肯放單車繞碧湖

元旦試筆題春聯雅會次韻昇之兄贈詩

又向黌宮聽鹿鳴清芬彌滿掃榛荊愛他舞墨飛紅日寸寸光陰請緩行

越坎翻坡挂棘荊龍車亥步亂蟲鳴也知物色傷心後更聽倉庚繼此行

附昇之兄曉明學兄正腕東瀛感懷詩原玉

檐下風鈴獨自鳴中年哀樂況班荊客中送客飛鳥外大阪長空千里行

己亥初秋花溪與謝幼田教授別

令兄老屋迹猶存今與先生住對門鳥不知名皆見喜花曾識面語聲溫

花溪四載自依依師友義兼今古稀莫道來年春事少學堂嘉會夢耶非

滬杭奉化轉合肥秋去春來燕子飛想象先生家不定江南江北待君歸

青山青史不蹉跎故國招魂泪更多惟有花溪十里水春風不改舊時波

幼田先生似有遠游之意之江有詩惜別次韻奉酬二首

歸歟酬夙願心事竟成陳花果飄零後神州誰問神人思星漢碧歌憶故人真

應料加州夜鄉夢願已伸

學堂三避暑今別情何伸雲白入緗紙山青不點塵鄉心見字字國史語津津

解得此中味一朝忘五辛

附周之江漢人古詩十九首其一爲今夜良宴會姑步其韻以呈幼田曉明二公原玉

良夜期再得每恨迹易陳溪山容暫住清雋有風神唱酬嘆游子我羨先生真

歡娛秋冷暖志氣蠖屈伸漂泊如泛梗人世一微塵治史發未覆失途挽迷津

置酒高堂上更與話秘辛

新梅四章次韻曾公永義兼懷臺灣友人

犯雪衝寒鬥一枝江春將入舊年時誰人隔海吹梅笛心事浩茫合有詩

清芬流溢最高枝泉脉初融雪霽時好是暗香疏影動舉觴爭和故人詩

海濱昨夜夢梅花，踏遍青山兩鬢華。猶憶金門精釀美，夢中忘却在天涯。

玉立冬梅臨碧塘，祇如佳麗試新妝。一枝聊寄江南意，共醉新春樂未央。

步寂潮兄答辯竹枝詞韵反其意

今古時文一樣忙，槐花五月淺深黃。歸來同學如相問，一種心驚下戰場。

不許春天午夢長，催花辣手唾成章。一行書有千行泪，祇看問題無表彰。

文章學問作冤家，舉子光陰逐浪花。莫怪委員下手狠，知之誠篤更堪誇。

附寂潮答辯竹枝詞

教授年年五月忙，槐花也爲此曹黃。論文數冊磚頭重，提去提來答辯場。

文字諸生愛冗長，東抄西撮儼成章。自評誰不誇新創，聊復隨人一表彰。答辯申請表有創新點一欄必填

滿座慈悲學釋家，齊看佛面笑拈花。臭蟲祇可輕輕捉，雛鳳還須狠狠誇。

口裏中文結結巴，筆端流利似吾華。同門張某清寒甚，忽有千圓遠寄家。留學生文字每出資請人潤色

軟肋時時露硬傷，猶飛唾沫妄雌黃。諸生相覷還偷笑，此老元來是外行。答辯委員中頗有强不知以爲知者

求疵通讀太辛勞，於例終難一味褒。且捉魯魚三兩個，示渠老眼察秋毫。

發言居末懶何妨，文字無須瞥一行。拾得諸公牙後慧，分明主席最精詳。

頭銜封後盛筵排，環坐師生語笑諧。近日儒林多外史，令人一聽一開懷。

春日謝中軍惠桃李枇杷無花果苗二首

白髮難歸三徑荒，栽桃培李歲月長。不知今後書窗外，桃李酣酣幾處香。

飲露餐風味最長，靈苗天性煥文章。莫嗟雨打霜欺夜，碩果繁枝自在香。中軍言此番所贈之苗皆無需大棚温室也

己亥秋日中文九〇級同學二十五年聚感賦絶句七首

喜隨國慶又班慶，海上颱風豁遠空。何事廿年昨日會，韶光抛客太匆匆。

如花歲月想當時，初誦佳篇忝作師。縱有後來多少課，難尋伊昔講書痴。

朱編批注意縱横，家國夢回浩無聲。留得温馨心影在，海天明月共潮生。

臨風玉樹麗娃波，踏月香風荷語多。記得青青草坪上，十分春色課中過。

問卿此處訪何人，樓館書聲迹已陳。願得當初金不換，綺年玉貌畫能真。石中軍能畫高仿電影票

風漾輕裾麗虹橋，幾回相聚桂香飄。莫嗟别後深秋寂，戀曲九零永不凋。

世態已成蒼狗變遠方更有青山長萬千意緒初心在情寄中文第一香

奉賢國際詩歌節及梅花菜花節雜咏

匝地黄雲照眼新水鄉情意暖於春殷勤花語似相問曾是村中舊客人（余八年前來看油菜花節今忽忽八年不意已十一屆矣）

梅紅蘭白兩爭新淡韵天香三月春輪與田家油菜美青團香餅饜游人

古譜今傳曲尚新奉賢詩涌一城春如何留得清芬在不薄今人愛古人（晚觀楊賽兄主持古譜傳承藝術演出古意與今傳雙美之境似仍有待努力）

小城花事鬥芳新花季無詩不是春花似春潮人似海賞花解語是何人

古鎮經年媚景新天涯游子不辜春外灘不及奉賢美年少風光夢裏人（座中有滬籍美國教授感言）

海客歸來意轉新送君南浦不傷春依依柳色萬千舞西出陽關盡故人（座中多孔院院長耶魯蘇教授誓言後半生獻身於母語）

言子吟壇又一新花開老樹正生春坡仙已去風流在願做江南醉酒人（余與其他十餘人榮聘爲奉城文化大使）

東方詩話即將於築城開講余因事未克赴約錯失嘉會賦詩遥賀

秋爽林城碧半天古馨詩話發幽妍南方酷暑都教退知有東方不老泉

返魂絶色樹交花臨到開時不在家誰遣南風長笛吹芳香爲我抵天涯

詩話醰醰即玉漿日中韓越共奇香如何星月交輝夜酒滿茅臺情滿觴

鄧小軍教授董小宛入清宫考順治皇帝出家考當代學壇絶大著述也感賦八絶用小軍兄五臺山考察詩韵自上海飛布拉格鵬背作

五臺葉斗上摩天萬壑雲聲恣意歡爲說康熙深隱事解人正在最峰巔

風窗旅夜一燈青斷字捫碑長恨生一自天驚石破後文章細意熨帖平

桶底打通震世間心如明鏡照人寒不知當日長生殿可似今人入夢難

詩篇長在白雲天坐近松風韵自寒縱有楚宫千百客陽春一曲和皆難

脉脉斜暉清水河還將心事托微波善財洞寺晴空外聽得雲間第一歌

一掃重霾天地清天家真面敞雲屏如何説破千年謎下覓黄泉上採星

欲向瑶臺月下逢禪心證果年年同世間豪貴皆可去一瓣蓮馨入夢中

卌載鈴聲答夜風塔新僧老月明中尋常天子修行事魂返江南即不同

奉悉陳鴻森教授清代學術史叢贈答二首

老嫗村翁坐夕陰少年聽寫聞秋砧誰將心曲傳鴻雁摹寫人情直到今

引之几案曾經眼文藻書窗見苦心最是清人寫清史清風白雲每盈襟

挽周毅聯挽

錦衣織就珠玉自來年年屐迹無愁鳳縹縹其高逝

青鳥信傳歌人已遠歲歲花開筆會芳菲菲兮彌章

卷七　記時

題雪七首

夜雪

大雪紛飛意轉狂爐邊擁被即仙鄉長街到曉猶燈火知有勤工鏟雪忙

晴雪

瓊枝玉樹水晶宮裝點魔都不計功縱使明朝終化水絶勝飛舞逐西風

車雪

塗銀潑汞飾瑰宮心魄相瑩意忡忡忽憶前緣身是客浩歌一曲返遥空

鋪銀堆玉萬車新晨起無聲淨無塵最愛殘餘窗上雪暫留清氣浹精神

窗雪

窗含冰雪自清香水有空濛月有霜好是晚來風定後一燈心事映書墻

殘雪

回風更作舊裙張殘退已成半面妝不要人憐如玉色自將一白沃窮荒

庭雪

小庭雪後變仙鄉想象咸池日欲光夢裏風聲驚覺處瑩然一色映華堂

聞夜有暴雪久待不至

酒當快意飲還盡雪似可人期不來莫向窗邊凝望眼綠珠墮地化塵埃

雲際無聲費疑猜千呼萬喚不出來何當明起推窗看千樹萬樹梨花開

北國江山常入夢魔都又待雪花來遠方無盡詩無限六十老翁心尚孩

晨起見雪仍用前韵

江南第一思春客不舞翩躚不肯來爲問香魂何處有茵席溷厠一般開

好花多向靜中開夢裏美人時一來莫負宓妃留枕意今朝誰是魏王才

墜絮飄英聊共舞忽如一夜春風來更將杯酒酹天地欲寫良辰入奇懷

經冬復春鐵梗海棠綻放效東坡海棠詩韵二首

想見坡公秉燭光更憐漱玉雨風廊衹今便面春風在開眼舒眉懶畫妝

十方樓宇接天光一掬酡紅夢繞廊誰向東風祈減力不逢詩客不催妝

元旦賀歲四首

卌年國運一番新大地冰融草木春若問東風忙底事鳶飛魚躍自由身

童子桃符墨尚新江南聊贈一枝春蒼山日暮風雪夜終有梅魂影伴身

秀句芊芊樂意新詩家到眼物皆春情深百卉滋榮雨紅豆相思是我身

一元破夜日將新飛雪且開天地春輪與少年添歲樂浩茫心事苦吟身

附王新才兄遙和胡曉明館長元旦賀歲四首

歲晚將翻歲月新恰冬盛際已臨春開門好自衝寒去笑揮蒼蒼雪滿身

一派江山雪裹新枝間梅色暗藏春無邊幽馥凍不住每借風寒沁透身

棲枝眉畫入時新鋪地遙遮百草春正自江山成雪域林間有雀忽飛身

晴陽雪後洗雲新萬樹梨花漫映春一霎榮光銷殆盡却從斑駁認前身

清明後二日寒流忽至上海飛貴陽鵬背作

詩債江南遲未還欲邀風絮漫天傳無端草長鶯飛日南國冰天雪滿山

一庭柳絮吹難起萬樹櫻花雨裏旋最是匆匆春又去風聲競夜似寒蟬

萬綠爭春一往先東風無力百花捐摧花原是催花手花謝花開本自然

魚躍鳶飛天蔚藍斷腸春色在江南欲問江南靈竅處自由一語痛何堪

國慶長假桃源戲爲二絕句

漾香金粟浸靈臺籠柳翠烟一水開爲語陳思休悵望凌波微步鏡中來

扶疏幽影上窗臺幾許殘花待客開一自金秋八月後天香桂子此間來

戊戌除夕在上海賀歲口占二章

又見江春入舊年除夕今日湛藍天東風萬叠吹河柳誰放百花一著先

又見江春入舊年申城好個酩酊天初陽海上初梅綻回暖東風此最先

戊戌夏季花溪小集十六首

天河潭絕句 昨日辯論會小結言及良俗美序與共同體凝聚力非賴於人之自由天性亦非賴於儒家熟人社會之舊倫常而乃於現代性之沙漠內恕孔悲重建古典之綠洲費辭甚多往復辯難辯論賽後往天河潭一游潭水清澈有小舟入洞紀霖兄問此洞是自然的麽舟人答曰後自然衆人皆發一粲

鬼斧人工返自然天潭原是天人緣如何四座談名理不及船家一語禪

夏夜訪戴三首并小引

花溪之民主路不僅有馳名小吃飛碗牛肉粉往西更有將軍街青豆受四川大學歷史系博士生指引遂執意由將軍街而葫蘆坡尋訪戴安瀾將軍墓於暗夜中以手機之光讀碑文所記戴將軍事戴將軍安瀾安徽無爲人黃埔軍校三期率第二〇〇師作爲中國遠征軍赴緬參戰同古會戰面對四倍於己之日軍殲敵五千餘又收復棠吉後於突圍戰鬥中負重傷而殉國戴爲二戰中第一位獲美國勛章之中國軍人將軍遺體曾暫厝花溪之葫蘆坡後遷往蕪湖赭山花溪遂爲衣冠墓青豆之父於一九八三至一九八六年讀研三年之安徽師大正赭山之麓也然則今夜青豆之尋戴莫非前緣耶以詩紀之

少年心事竟何成牛肉多時髀肉生忽有將軍街盡處幽光燭夜辨英名

三載花溪入夢頻鏡湖搖影水粼粼不知埋骨赭山下原是花溪暫厝身

從來國史是耶非山水終留烈士衣如此花溪如此夜好携妻子踏歌歸

仲夏雜興三首

長生僞劣世間稀吾國孩童命太微最是人心傷不起伏天滿眼雪花飛

米兔花間事不稀催紅踏綠粉痕微昨宵山雨谷風怒但見衣冠蔌蔌飛

危言滅國好天真川帝鳴鞭千騎塵今日九州都入幻莫抛心力作愁人

四十年同學紀念聚會四首

言淺情深酒盞傾抛人歲月夢堪驚眼前不識學生面滿座逢人問曉明身邊曾老師一直問胡曉明來了没

四載依依同學心卅年彈指願杯深座中更有痴情種夢裏相思直到今

憶我青春寫意深遠方一紙貴如金故鄉兄妹如相問美酒絲絲入寸心

歲暮征車殊未還故人相見鬢絲斑侗歌一曲情多少知入黔東第幾山

題大學時代老照片 當年中文系由龍洞堡遷董家堰住工棚至畢業然衆同學談笑風生糞土當年萬戸侯以家爲韵七絶五首以爲贊

山爲四壁板爲家不怨東風不自嗟何處春光最相憶江山指點夕陽斜

破屋無門夢爲家芳華雖晚不須嗟分明記得神飛處路遠迷人百種花

身似飛鴻不記家卅年回首一長嗟如何畫得河灘景廿四番風到杏花

心羡游僧處處家草堂東望盡烟霞不知相擁茅檐下盡是臨風玉樹花

別夢依依到董家草深坡陡路横斜莫嫌母校寒酸舍木筆曾開第一花

己亥中秋叙事六首

佳節心情似酒濃一門新舊叙相逢從來待月真光景盡在穿雲破霧中（微信所謂現代人宿命）

一樓拔起浦江東氣爍古今青史空黑板悄然環壁拱恍聽論辯語生風（訪上紐大）

輕車一路沐金風人在霞光圖畫中纔過香花橋口處一輪玉兔恰當空（往桃源過中秋）

蟲聲消息動秋風漁火遙遙點點紅忽對清光湖際滿不知身在月明中（澱湖畔臥看圓月）

心有嬋娟千里通嘉言懿語盡雷同誰人折桂蟾宮裏軒子清歌上碧空

朱涇船歌載月空桐廬江上一絲風江南心事誰人識此釣翁非彼釣翁

中秋詩三首用許靜沈喜陽韵

廿年辛苦不尋常不顧西風繞袖涼試問文家心錦綉幾人補得舜衣裳

中秋詩酒事尋常宴後小街暖轉涼安得文思如滿月天邊起舞拂雲裳

腹有詩書駐年光文章黼黻自洋洋一生好景君須記正在東坡橘欲黄

一屏千里共澄光神態音聲久溢洋今夜清風明月好更兼美酒蟹肥黄

已凉二首

種樹無成不怨嗟苔深草長是貧家已凉天氣中秋近冷露無聲濕桂花

久深世味足咨嗟湖外竹籬是吾家誰向魔都召過客碧絲瓜映紫薇花

暮春三月蝶舞鶯飛園中漫步有莫名幽香搖漾空中

小園佳樹綠葱葱葉潤土膏清馥中處處問花花不語杜蘭香乘半旗風

一掬馨香詎有踪飄飛斷續恍聞鐘作詩爲報花仙子莫向殘紅夢裏逢

南科大講座并携豆兒游大沙河賦七絶

樓宇軒昂無與班紛紛海客錦衣還風光却似唐人句流水幽花心自閑

修竹茂林玉笋班清波白鷺不知還已看照眼花光燦折桂攀山莫等閑

題文心雕龍學會屯溪老照片寄諸友

與子相逢俱少年，黃山攀頂共爭先。如今白髮知多少，遙想黃山樹黏天。

雕蟲事業送流年，脚力豈能越古先。記得楊公烟霧語，壽夭福祿是先天。（當時與韜甫翁同室，翁吐霧吞雲，憶其先祖八十仍擔簦於山道中）

駕鶴先師已十年，報春當代一枝先。何人寄恨先賢影，料峭東風來九天。（黃山會初識元化師）

明曾丈人於東陽臺辟一畫室，一山一水，漸積數十幅矣，余名之曰瑤臺，集口占二絶以題之

窗含桃浦漲晴波，白鳥翩翩臺下過。最是丹青鄉夢裏，家山如幻又如歌。

春來蒼洱漾恩波，向晚漁舟和夢過。誰遣詩情成水墨，三分意象一分歌。

觀劉海粟十上黃山展二首

雲海松風最有情，黃山峰頂十回行。隔峰何處聽急雨，筆起山嵐墨有聲。

追光躡影老詩翁，美好無窮樂未窮。苦海劫波都渡盡，此生永在此山中。

自題嘉定孔廟明倫堂講學

柏老風香孔廟春，唐碑宋卷字間親。明倫堂裏一開講，若個前人現後身。

卷八　記書

己未年購得管錐編今已近四十年矣未名湖畔召開錢學會感賦二首

自京飛貴陽鵬背作

憶得當年掩卷時夜闌清夢有燈知家山縹緲魂飛苦忽放心花千萬枝

燈火韋編幾絕時讀錢甘苦此心知未名湖畔柳千樹欲挽秋光弄一枝

外灘老洋行咖啡館下午茶共話二十三年前舊作文化江南札記再版

賦七絶四首

小舟數載近蘇堤飛絮沉烟春樹迷又是江南梅熟日看鷗聽笛浦江西

外灘談古匯東西茗飲詩情未肯低如此碧天如此客江南更看寫新題

新書舊雨賞心齊玉笛終當勝鼓鼙南國風光無限意青山青史手同攜

當年醉墨燭光低人事重尋意轉迷唯有斯文招晝夢山中華予去來兮

館藏宋拓多寶塔碑高清影印化身百千詩以賀之

天地英雄氣顏公翰墨留蓮花傳筆妙慧鏡映鋒遒高品千年重馨香四海流

喜看身倍百國寶鎮神州

題涉江詞人墨迹五章

沈祖棻詩學詞學手稿二種新書發布余因事未克與會因憶涉江詞人抗戰烽火中曾自問設人與詞稿分在二地必有一處遭劫寧人亡而詞留也今新睹手書情致淵雅風度天然盡洗鉛華獨標素質真天地間絶美之靈物萬劫不能亡也想涉江之清影掬蘭芷之芬芳遂綴成五章

四山無月天如漆午夜寒風欺敗壁寂寂落花山鳥啼篆灰撥盡聞遙笛

零香剩粉墨行間百草千花燕未還一自人琴皆逝後玉簫聲隱暗千山

十幅蠻箋書字小香蓮自覆暗絲牽江南春水春山碧一路田田魚戲天

遠山如黛水如膏家近吳門飲馬橋最是羈紅傷碧處青山故國夢迢迢

漢臯玉佩水沉銷南海明珠久寂寥縱有新詩三萬首先生凝墨足風標

己亥春楚默先生贈詩書畫及著作於我館感賦三絶

詩書畫學四爭妍脫手相酬未了緣好是墨香涵寶氣嫏嬛從此住真仙

幾株梅竹不知年一室墨華納大千便欲盡空俗諦障手揮目送暮春天
人書欲老踏花天詩畫回春指顧妍一自清風吹拂後鬱葱佳氣藉君傳

圖書館新竹枝二十三首

退職下鄉皆有份血牙打落肚中吞迎來一句看門狗人道尊嚴何處存咏圖書館保安按規定要求入館出示證件然常遭進門者無端斥罵請尊重請尊重

問君方便哪邊行流盡年光是此聲縱使仙家皆過盡以心相守笑相迎圖書館前臺諮詢被問到最多一句話是厠所在哪裏然館員不改初心長年笑臉迎人

燈火婁臺賽帝居縹緗縑素卷輕舒不如靜卧春風裏此時無書勝有書咏圖書館無字書展館內有十餘種主題書展然古人云讀有字書不如讀無字書遂開闢無字書展區以暢神怡性也

門禁晨開潮水生又如農事正催耕深情最是温書季轆轆春蠶弄葉聲

琅嬛福地任天真占座仙家不現身今日修行非昔日神仙也要懂時珍欣聞武漢大學圖書館手機占位系統運行成功感賦

束書不讀事堪嗟樓館書窗晚聚鴉屏上搜它他百度如何思想不思家在百度搜索思想家得朱某排名中國第二此爲圖書館之悲哀

東西今古舊精魂無意相逢聚一門縱有恩仇渾未解書香旨酒爲君温余爲圖書館經營七八種主題書展刻意稍解學科之刻板以活潑外向多義新鮮之性格親近讀者

泡館何人爲讀書深情一語憶當初依稀記得下山路回首高樓燈火疏校園讀書日一同學問及圖書館是否用來讀書忽憶二十多年前在香港中大錢穆圖書館每到閉館之時恨書總讀不完

時代分明千變盡書生自是有情痴何人不管聲喑啞樓館書燈唱竹枝

化身千億運神功美酒奇香古巷空贏得館藏聲譽遠男耕女織漢家風咏館藏之耕織圖由日本藝術家山根製成陶藝回贈我館

跋涉書山秀色鍾泛舟學海恨無從誰人拼醉麗娃畔四月書香似酒濃咏每年舉辦麗娃共讀

衣香人影太匆匆身似楊花易逐風今日讀書非昔日意馬心猿春又終咏圖書館

新現象讀屏族

亂花入眼冶游非零縑碎緞神亦希誰人度與金針巧萬縷千絲綉錦衣

咏館員資訊素養講座極受學生歡迎

豈有書生又破財頻丟電腦頗堪哀幾番毛賊拿歸案且待清風緩緩來

咏館員徐來幾次從監控破獲竊賊

館藏相伴却輕安鵬背郵輪恣意看記得關山千萬里鄉書一語解煩難

咏VPN海外訪問

館員太極下功夫喚雨呼風土脉蘇人似深山采藥去白雲一半肯分無

天生好嗓不須誇人是老師常啞巴憶在春天合唱日一臺五十六枝花

詩書孳乳一千年神保町中證勝緣笑語阿桑休見怪文明東亞有源泉

一籍圖傳孔網中雲低林暗草驚風艮家有女風塵解誰奏黃衫俠客功

佳期如夢總成空有約名姝醉眼中莫道今人不如古出閨消息太匆匆

一千零一夜如風浩劫輪番惡夢中最是守書烽火記巋然一館氣葱葱

魯殿唐碑歲月痕老師宿儒迹尚存不知文庫雲端處應有今人叩夢魂

鄉書何處喚東風萬副桃符舞醉紅一自校園開筆後麗娃波暖晴光融

清明節前日參加小綠天樓發行大夏光華文獻叢刊有感二首

麗娃風日柳年年地暖爭春一著先一種柳花風日裏飄芳碎影認前緣

大夏光華俱少年萬川到海敢爲先不知五四百年後尚有英靈結勝緣

東坡老人湖上語云前身曾是江南人余二十年前著文化江南札記亦引爲知己語今湖上談美廣爲三章

百種花香恣意憐氛氳水墨畫凌烟文瀾閣上一杯酒飲盡江南四月天

湖光何處最堪憐宿雨初晴淡淡烟掬取一花香已遠無邊山翠欲粘天

人堪快意湖堪憐書有初心隱綠烟記得東坡一語讖因緣前世好花天

奉悉程千帆教授古詩講錄感賦二首

雨後種花時冉冉斜陽坡上遲汲水灌園心已許春泥歲歲發新枝
一卷想當時古道文心足世師八代風流詩酒地千帆渺杳水雲期

題稼雨教授世說新語與魏晉風流後

揮手飛鴻杳魏晉招魂紙墨香一自清馨三沐後山陰樹色入吟窗
已苦洪霖久世界猶驚板蕩新今夜海濱風涙後謝公吟嘯氣如神

題趙厚均論江南閨秀新書

風物甲天下閨秀風流冠九州莫道風吹雨打去厚均揮墨一書收

題新發現默存先生英倫藏書四種後

拾骨寄浮生懷璧還丹夢不成今日瞻依心迹在海天鶼蝶意縱橫
新知共一爐中西精義不相殊牛津小鎮東來客對症當今換藥無

東瀛購書之旅感賦

令和仲夏記元年渡海又尋漢字緣不負昔時吟誦熟芭蕉詩句店門前

閣臨大阪乍晴天天守古城五百年一刹護城河水漾輕舟撐出柳蔭邊

遺命君王愛子心始知秀吉負君深朝廷自古血腥地幾個少年不網禽

赴韓國參加東方詩話國際學術會自仁川往大田途中口占四絶

不親韓劇不趨新漢字天涯若比鄰一種生香活色體心通千載賞詩人

小朴迎機語不疏悄然回夢大唐初莫言漢學無人愛詩裏江山雲卷舒

摘句尋章也丈夫東方詩話探遺珠金風一路涼如水消得諸君一醉無

華夏詩歌塞外聲青山如夢彩雲輕仁川平野舟車便人在詩中畫裏行

東方詩話會議結束首爾仁川機場口占三絶

風流文采再青春數日儒城夢裏身何處羲皇心上事仰觀星月豁天真

御真太祖氣清温古殿蒼松盤古根一種幽情存戲劇流傳故事總銷魂

遲日江山繁麗村偶因詩會宿情伸分明記得唐人意賓主殷勤勸酒頻

十年前舊影猶在手機中竟親睹聖母院之哥特尖塔漸於大火中崩坍噫如此尤物如此浩劫

文明瑰寶火中蕪聖母巴黎泪欲枯爲問廣場來往客鐘樓痴漢有家無

心魂搖動水晶宮天使飛翔穹頂中記得彩窗燈火夜管風琴語破虚空

浪漫高華化一爐塞河流水聲喑嗚如何八百年祈禱換得烟污與血污

莫向祝融問阿嬌瓊樓玉殿已烟消祇今唯有屏中影猶記鐘聲漾碧霄

二〇一八年世界杯竹枝詞

兩牙相鬥莫相傷耍帽C羅醉滿場最是神功留絶殺一球摇漾如飛觴（西班牙葡萄牙之首戰）

揖雲摩頂久蹉跎惆悵半生爲國多三十六年背水戰要聽今夜壯懷歌（阿根庭首

戰冰島前夕爲梅西作

梅西自小風流命家國從來誤此人亡我由天非戰罪分明魂去剩空身

阿根庭首戰冰島之後爲梅西作

衛冕軍團似夢游中場狐舞韻悠悠那知搖滾重錘起莫道天凉好個秋

德國首戰敗於墨西哥

球王今世名空在戰友英姿此隊無屋漏偏逢連夜雨良臣心底血模糊

老兵不死祇衰傷末路一球發電光客散聲消燈焰盡沙場人去骨遺香

年年歲歲花相似歲歲年年人不同息馬墮梅綺夢處青春十九弄晴紅

馬梅綺羅皆爲過客矣

商戰如雷震地來四强杯賽尚徘徊何人得似畢公子袖手人間如戲臺

古希臘哲人畢達哥拉斯曰世人惟分四種買賣者競賽者喝彩者觀看者以後者爲最高貴蓋因其沉思之生活也

香港中文大學客座散步得句

秋澄碧落水晶天桂子飄香向月邊此夜長歌何處去欄杆拍遍不成眠

金風木落欲霜天收盡鄉愁翰墨邊今夜歸思何處寄海風無限伴鷗眠

憶香港

余癸酉年初即訪學香江往來經年山川多思歲月無心草木有情遂作五首

夢浮港島千燈燦問道中文一語凉醉裏不知花是影海天鄉思已茫茫

一九九四年於香港中文大學問路普通話無人能懂須用英語

欲往從之淚萬千有人潑命横江天驚心最是十年劫月月浮屍海角邊

聽講大逃港事

電梯直上太平頂教授薪酬世界先最是多情知妾恨爲誰抛弃爲誰憐

港英政府九七前大筆花錢收買人心

深水埠前籠屋多半坡山上富家窩朱門酒肉路人骨幾代港青好了歌

太古灣前電車翩吐露港夜魂夢牽忽失西裝巴士上楊花飛絮斷腸天

某年在港曾遺失西裝一套或亦一兆

舊籍新書無限與文章道義一身膺蒼然暮色起伏處一館遙看萬戶燈 常於香港中大錢穆圖書館看港臺書

香港浸會大學召開文學與創傷記憶會

罡風十月吼街邊人在電光火影天魂夢不知何處宿斷腸催泪一城烟

抗命相拼何是邊相逢狹路各爭先分明手舉青瓷器一擲半文不值錢

碧海深深有泪珠秋風瑟瑟按兵符憑誰旺角有知訊今夜書香知有無

題布拉格斯特拉夫修道院四首

坡因寺院鐘聲起燈似燭光萬盞明莫怪游人頻顧望下山幾個肯修行

鳥靜林間聽一聲塔尖著雨更分明兩三情侶低頭語桔色街燈照影行

四百年前弦誦聲依稀插架接神明東書高閣人千里輸與當年證果行

紛紛游客靜無聲如畫白光照眼明雲外鐘聲冬雨濕燭燈搖漾酒杯行 如今修道院到處是啤酒坊

希臘短章十四首

荷馬詩篇紙萬張孤兒尋父髮蒼蒼我來王子愛琴海猶自心魂滯家鄉 奥德賽與香港近事共讀尋父乃古今一大命運

求婚人性湍如水伊塔卡城日已曛一夢醒來舷窗亮千山白樹萬山雲

九條牛祭萬人衝皮洛斯迎波塞冬莫怪青年多愛此神明凝聚古今宗

神廟巋然瞰海波向來哀樂何其多莫嗟祈求盒中閉拯救還憑玉一渦 雅典娜爲挽救人類而暗藏於盒子底層之希望未及飛出潘多拉已將盒子關閉

哲人文膽大如天形式千年萬物先憑吊流連沙墟古中天酷日倦殘蟬 亞里士多德學園

廢興疑案最供愁豪杰千年土一丘尚有獅門殘壁在白雲猶是古時秋 麥錫尼古文明衰亡原因不明

人神唱答到如今月夜祈歌入夢深一語輕吟回蕩久祇緣身在最圓心 埃皮達魯

斯古劇場至今仍有音樂節

幽幽深峽客心驚，似有巨鯨地下行。莫怪諸神皆孔武，鑿山蹈海爲蒼生。科林斯運河爲古代工程奇迹

斷臂無頭腿一肢，誰生神祇又殘之。即從闕損知無限，試問今人幾個知。

古國雖亡氣未消，一簫一劍上青霄。莫言簫劍成天問，終有游魂不可招。宙斯神廟

故將心事寄烟波，刻損雕傷魅影多。裙角飄時身欲動，春風滿室忽相過。衛城博物館石像

推石狂夫安在哉，赫斯提亞幾時回。衛城已老諸神遠，且盡眼前酒一杯。赫氏乃守護家庭之火種女神

傳奇戰事最輝煌，勇士當年刃血光。莫向海灣尋舊迹，人身本是肉城墻。希臘斯巴達城無古迹，蓋其族生而爲戰，不作防禦

七歲離家爲戰奴，練成一士敵千夫。塔烏該托山坡上，多少幼兒黑夜呼。斯巴達人爲篩選戰士，凡嬰孩之幼弱殘障者，即弃之於塔烏該托山脉

歌。斯城良不夜，舞影看婆娑。』

郭人品不佳，然不可因人廢言。據《孤獨星球旅行指南》『芬蘭約百分之十的領土是水域，百分之七十爲森林。其水域數據驚人，有一八七八八八個大湖泊及偏遠濕地與小水域。』有水的地方，就有靈氣，物產富庶，人文薈萃。然余甚愧，除西貝柳斯耳熟能詳之外，於芬蘭文學與戲劇繪畫，一無所知。晚宿波羅的海海灣森林酒店，窗景如畫，有白樺、雲杉與松樹以及遠處一角湖水，林中小路蜿蜒而幽深。九時天仍甚明亮。青豆與玲堅持往海邊漫步。窗外亦有白頰黑雁數隻，林間散步。余對景獨坐久矣。晨起太極，霞光初照，水天一色。見人字雁陣長空掠過，音聲空曠，哀感一何深也。

西貝柳斯紀念碑，依山傍水，以巨大管風琴爲雕像。余二弟爲小提琴手，自小知種種名曲，最喜《流浪者》每一諦聽，感慨莫名，勝於其名作《芬蘭頌》。

靈魂音樂入人深風作天音地作琴最是少年流浪者温馨一曲到如今

在卡塔亞諾卡島俯看赫爾辛基。赫城爲俄羅斯所建。建於島上的烏斯佩斯基大教堂爲東正教，紅磚建築，頂爲洋葱頭狀，與綠瓜頭狀的路德教堂遥相望，一如芬蘭歷史象徵。蓋芬蘭向爲俄羅斯與瑞典角鬥場，戰鬥民族之土地欲望太强，從沙皇到史達林，造孽甚大，死亡極慘。洋葱頭的信徒目前祇有百分之一點五，純爲歷史遺存，而綠瓜頭則有百分之七十八，可見芬蘭對北熊之向背。

北熊吞噬幾春秋白骨森森說未休獨坐黄昏遥望處洋葱頭對綠瓜頭

赫爾辛基岩石教堂，余所游覽西歐北美日本教堂不下百間，此亦爲一珍品也。

頑石心誠匝地開鑿山爲廟甚奇哉此時光綫如琴鍵知是福音空際來

第二天，塔林。從赫爾辛基灣乘渡輪往返，約八十海里。

塔林位於芬蘭灣的南岸，爲愛沙尼亞首都。座堂山（德語Domberg），乃史上權力中心所在，教士、條頓騎士團、波羅的海德國貴族之居住區，至今仍爲愛沙尼亞政府與諸大使館官邸所在地。直至十九世紀末期之前，此地繁華極盛，乃中世紀貿易之海上中心。後塔林曾遭進攻、洗劫、毁滅與無數次掠奪。雖二戰後期，經蘇聯空軍密集轟炸，然中世紀老城區依然迷魅如昔，一九九七年收録於聯合國教科文組織世界遺産名録。愛沙尼亞由蘇聯獨立之後，其 GDP 增長八倍。據導游云，當地人於俄羅斯心存怨懟。

愛沙尼亞今年爲獨……

水波不興，滄桑已是……

絶以紀之。

殘泪猶翻大海波古城故事動人多而今獨立風烟外贏得山頭任意歌

海風不改舊時波炮塔城樓遺恨多最是風光堪畫處紅房綠水白鷗多

漫將心事托微波游子鄉愁向晚多莫訝臨風吟數首且斟杯酒老能歌

第三天，圖爾庫。圖爾庫曾爲芬蘭前首都。乘大巴看古堡，一二八〇年建，高峻樸素，此堡一直爲瑞典王國統治芬蘭之重要軍事要塞，十四個國王將此作爲王宮，無法進入參觀。然後乘郵輪，連夜穿越波羅的海，往斯德哥爾摩。清晨抵港，放弃游皇后島，幾人徜徉於市政廳，等候團隊到來。陣雨之中，亦在市政廳門廊打太極。有七絶四首。

文明聖殿九州雄心拜群星四海同縱是賀辭聽不見依稀廳壁回音中（斯德哥爾摩市政廳蘭廳爲每年諾獎晚宴所在地每天游人如織）

斯城岸景五都雄浪漫天真童話同最憶水邊輕翅展晴光青草雨絲中

巨艦當年勢最雄瞬間沉没笑誰同如何厄運成名迹成敗是非一夢中（斯城有瓦薩沉船博物館昔日驚天悲劇轉而爲歷史文化之勝迹）

年年文學問誰雄靈性千般道義同老母年年鍾愛事辰光消盡長篇中（金廳裏雕像與圖畫多有執筆人的形象即人文崇尚之道母親常年讀諾獎小說如迷）

是日住卡爾斯塔德小鎮，在維納恩湖畔散步，夕陽在天，霞光入水。偶見有人騎車、跑步、游泳、垂釣、溜狗、聊天。湖中有舊木塔七八，參差如過河之卒，不知何用，問一老太，彼亦不知。余觀此水準靜如鏡，遂跳入波中，暢游一時。據《孤獨星球旅行指南》維納恩湖爲西歐最大的湖泊，共五五八五平方公里，爲余平生所泳之水，亦添一紀錄也。

清山綠樹晚風凉維納恩湖白晝長誰向清波雲影處將身涵泳弄霞光

第四日，挪威奥斯陸皇宮，途經奥斯陸市立圖書館。皇宮花園極大，雕塑極多，匆匆一瞥，即趕往市政廳附近中餐店用餐。途經奥斯陸國家大戲院，門前左右有比昂松與易卜生像，導游呼爲安普生，亦一詩料也。餐後往市政廳一游，多壁畫，内容爲挪威歷史與文化。此地爲諾貝爾獎和平獎頒發地。附近有蒙克美術館等，皆無時間拜訪。

途經維爾蘭雕塑公園，挪威首都奥斯陸之西北角，園内繁花綠茵，小溪淙淙，到處矗立造型又男女人體寫實雕塑，其主題乃由青春愛情，而中年創造，終乃老年時代之温情、相依爲命，甚而冷感、疑惑、蒼凉、無奈……作品又寫實又寫意，又激情又悲傷，又深刻又通俗。然而多數國人衹喜一淺白作品《憤怒小孩》國人或由此釋得集體潛意識乎？

鬼斧神工寫性靈春來如夢秋還醒石頭道盡人間意幾個游人更細聽

下午下榻峽灣前一小鎮，稍休息，三人外出自理晚餐。風劇烈，足以將路人吹倒，所幸大型商場不遠。玲未帶信用卡，欲買一布鞋，

青豆於大風中回賓館取卡，余又悔其或路遇小黑人。玲囑取工行卡，豆將中信卡也取來，後工行卡不能用，遂服豆有預見。

第五日，風停雨過，空氣清新如醉，天色清如水晶。途經一美麗小鎮利勒哈默爾，某年冬奧會舉辦地，往高山滑雪場，俯看山川明麗，房舍黑白黃紅，隱約掩映於綠樹之中，意境如夢，風物怡神。微信知白彤東兄兩天後將來此地參加一夏令營講座，羨慕之極。白兄一個月前剛於貴陽孔學堂參加余所主持辯論會，甚有緣也。一路皆有詩。

白帆碧水接微茫小屋藏紅牧草黃水土殊方風俗异健身跑步遠農桑

戲劇偉人易卜孫導游呼作愛鋪蓀可憐五四啓蒙夢換得耳聾醉眼昏

北歐居室多白色緣自經年長夜孤君看草坡人自醉陽光戀戀肯留無

第六日，蓋朗厄爾峽灣（Geiranger fjorden），二〇〇五年世界自然遺産，挪威峽灣之王。爲此行一重點景觀，有高山飛瀑，深峽碧流，極爲偉麗。傳說中的精靈公路與老鷹公路，正在於此。有一處觀景臺停滿車，吾人沿峭岩旁一甚爲簡陋小路上山，約百米，即得一野觀景臺，極具震撼人心者，不僅此處深進約五十米，且了無欄杆，坡路濕滑，噫！吾竟留得一影，回想竟懼怖極矣。

黑底紅船碧海灣終年融雪水潺潺無端深處雲紗起疑似山妖理翠鬟

再續前韵一首。

晶瑩深碧水彎彎天女何時遺斷環滿袖白雲拂不去輕車已過老鷹山

車再泊蓋朗峽灣另一觀景臺，水皆碧如青瓷，雲山如夢。感賦一首。

峰上晴雲披絮帽峽間紅鳥弄清波如何鼓瑟湘靈夢竟唱挪威一曲歌

第七日，驅車往布里斯達冰河，換乘山地車上山，再沿冰川步行數里，終點爲巨大倒挂之冰瀑，觀此神爲之旺。滿目野花奇石峭峰，渴飲冰川水而返。

冰川夏日是芳洲一路奇花見客羞雪女長裙抛此地化將晶玉水長流

途中感興，得二首。

此間老少最無憂帶仔産翁隨處游野果縱他芳草墜擋車牛隊自悠悠

冰河倒挂壁千尋聽得洪荒太古音最是游人心思處堆石累累感恩深

一路有無數小石堆成祭祀塔，西語稱爲『Sacrificial Stone Stack』，表達對生命源頭之水的崇敬。

車行約七小時，以詩爲伴，以畫爲伴。極盡悅目悅心悅神之至。

江山如畫正憑欄綠草如茵碧水環莫嘆峽灣風景好車行詩債幾時還

挪威森樹動人多村上小說伍佰歌網路得來終是淺車行入畫更微酡

家家戶戶草坡多錦綉裁成綠綺羅一自漫山冰雪後家家戶戶傘兵過

半坡青草半林陰房舍端然一水臨最是對峰看不够瀑流飛瀉萬弦琴

青山如黛水如環妙手丹青造物慳羨有游人鼾巨鳴一車詩債不須還

是夜，泊於松恩峽灣。松恩峽灣酒店（Sognefjord Hotel）位於松恩峽灣一半島，此乃歐洲北部最長最深峽灣。酒店戶外草坡有多處木椅，向海而坐，可見鷗鳥起落，水波漣漪，極宜於詩人與寫作。尤奇者，酒店處處有木製或石塑之海龜，於此，略可知曉酒店半個世紀之人生故事。

一九四一年，Agnar Eggum 登上了 M/T Langanger，前往意大利里雅斯特。途中，法國海軍占此油輪，并迫使之航往阿爾及利亞之博恩，遭劫船員成天做苦力，衹有少量及敗壞之食物，遂萌生逃跑之念。Agnar Eggum 夥同其他遇海難船員，於港口買救生艇并賄賂一法國哨所。目標乃一周後抵達英國直布羅陀。然而救生艇往地中海西進之時，時間表有誤，海起大風，致船嚴重偏離航向，多日食物短缺。

此時，烏龜出現，似有神意。隻隻大海龜滿布甲板。船員捉而食之，以龜肉補養，遂生還七人，終抵直布羅陀，後往英格蘭及挪威。

Agnar Eggum 弃船而陸居，於家鄉與來自 Njøs 妻子 Aslaug，於半島共建客棧，用心經營，終成松恩峽灣（Sognefjord）最迷人景地。酒店至今仍由 Agnar Eggum 家族經營。爲紀念 Agnar 以及令人神奇之逃生龜故事，酒店至今以爲標志。

山深星大小舟遥峽水無波鷗寂寥如此晚風如此夜不知何計不魂消

第八日，大巴乘渡輪，過峽灣，换峽灣游船，游兩小時，兩岸山巒起伏，層林叠翠，海鷗逐人喂食而起舞。然後再换乘高山觀光小火車，經弗羅姆至沃斯。中途有觀瀑站，巨瀑狂暴騰越而下，全車人下車留影，稍時，有紅衣女於山腰瀑間，忽隱忽現，婆娑而舞，歌聲與瀑流聲相伴縈繞山谷。口占五首。

一生酷愛湖山游誰道峽灣魂夢勾山海經中仙异事如今都在此中留（山海經所寫何處至今仍是疑案挪威松恩峽灣或爲一解）

深峽松恩嘆醉游無心鷗鳥且相勾天藍雲白青山麗波痕舟去心尚留

起舞山仙瀑上游游人拍照已魂勾如何車過弗羅姆一路歌聲耳畔留（弗羅姆河谷乘火車游世界上最險峻的高山火車旅程河谷僅四百餘居民飛瀑山澗流泉及傳說中的胡哈仙女歌聲震撼人心有紅衣仙子之歌聲游客登車後紛紛回放猶有不捨之意似中國古書中之桃花源也）

人家三五臨天池彩色天真處處詩忽憶先賢曾咏唱繽紛芳草客來時

千刃高山綠樹稠萬頃峽水碧悠悠分明一段温柔夢今日松恩鏡裏游

暮投哈當小鎮，得二首。

漫步黃昏燈火柔下坡深草綠如綢山高樹老人家遠仙境人間衹暫留

夜泊哈當近墓園晨聞瑞國暴民喧分明樂土曾經事輸與冥間衆鬼魂

第九日，告别美麗峽灣，驅車往瑞典第二大城市，維京海盜之發源地哥德堡。住郊區。桑拿房中，一瑞典青年，如一大號蜘蛛，坐於余與青豆之間，作默思狀。九時半天亦甚明亮，遂與青豆作哥德堡騎行。專門步道之上，一路有人跑步、聽歌、騎車、嬉戲，一派祥和安寧之意。住歐洲城郊及小鎮酒店，不騎行不知其山川風物之美也。於哥德堡騎行七小時，聞瑞典近事，有感而賦。

老店俄蘇事已休北歐福國不堪憂家家有本經難念慎勿拆房且小修用司馬温公事

據法廣，十三日瑞典一夜二十三處燒車八十輛，哥德堡占七處。原因不明。然國内網站誇大爲移民暴動、伊斯蘭教造反，純屬借題吸睛體。余十五日住哥城郊外，看各大主流媒體，均無報導，遂馳車與青豆快意騎行六公里。口占一絶。

誰言樂土不安康一路騎行草木香暮色蒼蒼哥德堡鷄栖於桀下牛羊

第十日，哥德堡車行近三百餘公里，往哥本哈根。觀美人魚、安徒生像、玫瑰宫等。

書潮如海又如河八月魔都熱鬧多試問年年書市後舊書得以幾摩挲哥本哈根

旅行正值一年一度的上海書市

世間已變萬般新仍見人魚夢裏身惟有深情消不得至今凝視水中人

大師童話有深悲悟得此情鬢已絲過盡游人皆不解套鞋穿上幾人知安徒生之

幸福的套鞋透破人性揭示幸福在他鄉想象成他人皆人性恒可悲也

從來童話伴劫波墜溷櫻花事如何最煞人間風景事魚人雕像小偷多

玫瑰宫裏動心魂琥珀黄金極品存最憶寶球神授事繁華之上道尤尊國王加冕之儀式中寶球爲教皇所賜表明政教一體此乃丹麥歷史上皇權與教權長期爭鬥之妥協結果

奢華看盡眼睛饞偷得女王碧玉冠賴有夫人回電腦一番加冕兩相歡在赫爾辛基機場轉機慌忙中遺失電腦於速食店座位而不覺幸有玲付賬時拾回